全民微阅读系列

丁香洁

DINGXIANG JIE

非花非雾 著

江西高校出版社

图书在版编目(CIP)数据

丁香洁 / 非花非雾著. —南昌：江西高校出版社，2017.6

（全民微阅读系列）

ISBN 978-7-5493-5361-3

Ⅰ.①丁… Ⅱ.①非… Ⅲ.①小小说—小说集—中国—当代 Ⅳ.①I247.82

中国版本图书馆 CIP 数据核字（2017）第 100420 号

出 版 发 行	江西高校出版社
社　　　址	江西省南昌市洪都北大道 96 号
总编室电话	(0791)88504319
销 售 电 话	(0791)88592590
网　　　址	www.juacp.com
印　　　刷	北京一鑫印务有限责任公司
经　　　销	全国新华书店
开　　　本	700mm×1000mm　1/16
印　　　张	15.5
字　　　数	174 千字
版　　　次	2017 年 6 月第 1 版
	2020 年 7 月第 3 次印刷
书　　　号	ISBN 978-7-5493-5361-3
定　　　价	39.00 元

赣版权登字-07-2017-451

版权所有　侵权必究

图书若有印装问题,请随时向本社印制部(0791-88513257)退换

目 录

第一辑　河洛风

周南驿小姐　　/002
青岛红　　/005
桃花 style　　/008
玉芙蓉　　/012
古铜镜　　/015
龙门约　　/018
雨牡丹　　/022
巧遇　/025
包万象　　/028
杜三斤　　/031
书法家　　/034
探照灯　　/037
茶女苏槿　　/040
戴迪的珠宝　　/043
叶牡丹　　/046

第二辑　雨霖铃

雨霖铃　　　/052
紫藤之恋　　/055
白露之恋　　/058
丁香洁　　　/061
放在心底　　/064
记得有非非　/067
玫瑰色的记忆　　/071
明天你是否依然爱我　/074
燕归来　　　/077
元夜思　　　/080
云中星　　　/084
走过咖啡屋　/087
昨日再现　　/090

第三辑　麦香苑

麦田里的风向标　/096
麦田里的老牛　　/099

那时麦熟，我正少年　　/102

羊的契约　　/105

正月茵陈二月蒿　　/108

风过大虎岭　　/111

构子姑娘　　/114

磨倌心　　/117

嫁女　　/121

桃花三姆　　/124

第四辑　梦幻境

聚宝盆　　/128

梦雪　　/131

潜伏　　/134

大黄　　/137

从明朝穿越来的义犬　　/140

梦会洛神　　/142

只为你那无意的凝目　　/144

第五辑　尘世缘

小细节　/150

亲情的细节　/151

假面　/153

我爱北京天安门　/156

定哥的幸福生活　/159

牵手　/162

真爱　/165

小樱桃　/168

幸福的红吊带　/171

柜员英姿　/174

吃红果的熊猫　/178

拯救　/180

第六辑　桃源渡

桃源渡　/184

垂钓　/187

手足情　/190

访雪图　/193

观音堂　/196

到大城市去做平民　/200

匿名信　/203

雪花那个飘　/206

红太阳那个红艳艳　/209

老法官的静好岁月　/212

第七辑　醉红颜

莲心　/218

刀客之死　/221

凌虚恨　/224

来莺儿　/227

殷虚上空的烟云　/231

醉红颜　/234

第一辑 河洛风

河洛大地深厚的文化像洛水一样汩汩漫进这片土地，与现代风融合到一起，滋生出特色鲜明的洛阳元素：牡丹、石窟、驿站、书画、茶艺……以及古典与现代完美结合的才子才女，无论是显赫世家周南驿小姐，还是社会底层的叶牡丹，每一个人，都生动地活在当下，演绎着一个又一个与文化有关的故事。

周南驿小姐

导读：周南驿小姐究竟姓什名谁，有无其人呢？她的出场扑朔迷离，身世又在一个传奇般的历史背景中隐藏，结束依然是个谜，你在文中找到蛛丝马迹了吗？

一定有这样一位女子。她叫周南驿。

几年前，我正在博客上浏览，看到一位叫周南驿的女子的头像在访客之列，周女子短发内扣，护着小巧清秀的一张脸，五官精致，神态纯雅。她应该是那种骨架细巧的女孩，身材必然修长苗条。

再看她的身份介绍，原来是洛阳周姓世家的大小姐，名南驿。小小的年纪，便是文化酒店的经理。她的博客里贴着周南驿文化酒店的场景图片，周南驿的开业庆典图片，还有对周南驿文化的阐释：古代驿，又称邮驿、馆驿，其主要职能是传递军情、政令、信件、接送官员、转运物品。周南驿是中国最早的驿站，西周初年，周公营造洛邑（今洛阳）成王定都于此，谓之成周。为传递诏令，迎送诸侯，遂设馆驿于洛邑之南，谓之周南驿。我哑然失笑，自己犯了望文生义的毛病。周南驿小姐可以姓周，未必叫南驿的。

周家的酒店随着驿站文化传播着，香鹿驿开业的时候，她又满博客在说香鹿驿了，我问她这些驿站酒店是你们周家独资的吗?她回道:周氏家族投资,我来经营。

芙蓉楼开业的时候,她邀请我去,留了个电话号码,让我去的时候联系,有专人接待。我十分想去看看那石磨现场磨面粉,还有各种特色饺子是什么样儿,因故没有去成。周南驿的"周南驿""香鹿驿""芙蓉楼"成了我向往的地方。

我常在博客上与她互通款曲,在洛阳,有这么一位餐饮业的美丽才女惺惺相惜,真是三生有幸。

后来看到她博客上写的《一本古书的九世奇缘》,再后来有了《因为爱她,我选择独身》。我以这两篇博文为题材,改写了两篇小小说,都发表了。

我越发认定周南驿是多么传奇的一位女子呀,父亲是洛阳酒店世家周家的公子,母亲是世代茶商王家的小姐,父母在上海高校同窗共读,结成伉俪,在杭州生下周南驿。她自幼生长在杭州外婆家,自然蕴足天堂水的灵气。她会讲英、德、法、韩几种语言,对中国古典文化有很深的造诣,为了周氏家族的酒店业,她又在北京学习酒店管理。她为了自己最初的爱,也是唯一的爱而选择单身!

震撼,此女只应天上有呀!

秋天,甄诚教授约我到周南驿与文人雅聚。"驿站文化博物馆"的牌子前我驻足好久,对文化的肃然起敬,让我生怕举止失仪。

周南驿中的情景,与周南驿小姐在博客里描述的一模一样。从迎宾到前台,女孩们个个清雅,哪一位女子是周南驿小姐呢?

我在女侍引领下缓缓走进"车马司",座中满是洛阳文化名家,全是男士,当然没有一位是周南驿小姐了。

我向老总张耀光先生询问"周南驿"其人,询问他,酒店里是

否有如此这般一位才女,姓周,或者姓王……侧耳静听半天,他说已经是冰雪糊涂了。

我向甄诚教授要才女周南驿,他顾左右而言他。

座中达人说:"周南驿文化是大家策划的。"

他们策划了驿站文化,又在策划伊尹文化,难道,"周南驿"小姐也是策划出来的吗?但我坚信,一定有这么一位女子,她不是众人拼接起来的虚构,因为那博客之后必然有一个与众不同、独具个性、冰雪聪明的灵魂支撑。

我发飙站起来:"那文章是谁写的,博客是谁打理的?不会是一位普通的员工吧?"

耀光先生说:"谁策划了文章,谁改写了文章,谁喝一杯。"甄诚教授无奈地笑起来:"当然,当然,那文章没有十年功力,也写不出来。"站起来与我干了满杯。

在周南驿没有见到才女周南驿,我念念不忘。有一天,我去外面联系公司业务回来,一楼前台叫住我,说一位姓王的先生,受人拜托,来拜访我。因我不在,没有上楼,也没有留电话。

姓王的先生?是谁呢?我沉吟。

前台的丫头,突然想起王先生说跟甄诚教授也是朋友。

我马上打电话给甄教授,他说周南驿小姐现在一心向佛了,曾在西藏住了三个月。现在又到陕西某地礼佛去了,委托她的挚友王先生来看我。

我遗憾与才女所托之人失之交臂。

第二天一早,我便接到甄诚教授的电话,说在博客上看到一则感人文章《洛阳城里寻非花》。

那是"莲花岛主"的博文。才女周南驿已经化身观音俗家弟子了。也许,入世出世,往来自如,才是这样不凡女子的修为吧。

静下来,我还是疑惑:也许,才女周南驿真的是他们策划出来的人物?

我今夜打电话给甄诚,问究竟有无其人。他说人家不是去看过你;他说正与他们吃饭。我问饭局上究竟是周南驿小姐,还是周南驿老总?

甄诚教授已喝高了,他有个习惯,喝高了就关机。

青岛红

导读:萧雨星也是一个从历史里走出的人物,传承着家族的文化、风尚与产业,又肩负着恢复与创新的重任,如果她是一个塑造出来的虚构的人物,那么赋予她灵魂的幕后人,是何等样人呢?

女孩一双秀目从办公室的窗口望出去,正好看到青岛李沧宝龙城市广场中庭。一盆盆牡丹盆栽摆成一朵盛开牡丹的形状,那两盆含苞待放的"青岛红"正隐身丛中,等待稍后的竞猜活动。

场子里热闹非凡,到处是赏花人。从一楼到四楼,三步一簇,五步一堆,是摄影人支起的"长枪短炮"。盛装的洛阳"牡丹仙子"们被围在中间,接受各大媒体记者的采访。

"你好,经理要报表。"

"哦。"女孩忙转身伏在电脑前做报表。她是一名文员,工作很忙。等女孩把任务完成,直了一把腰,再往窗外望时,喧闹的"迎'青岛红'回家"仪式已经结束,只剩下牡丹和观赏牡丹的人

群。

正午打卡出来,女孩来到两株"青岛红"跟前,凝神观赏。一位特意赶回来补拍图片的记者,一下子抓住了这个镜头。

年初,由于工作需要,女孩从做得很顺手的招商部调到工程部,工程部的工作很繁重,她一接手,就马上投入了,接替她招商工作的是几个新手,她需要"带"她们一段时间。每天都在这两端和两难的处境中工作,女孩很累。她在自己的微博中诉苦,说压力好大,好委屈,有了辞职的念头。

一位ID"萧雨星"的博友不断通过微博评论或者私信安慰、开导她。"萧雨星"自说是女孩的同事,又不愿透露真实身份。

"萧雨星"说去年四月,她休年假到洛阳看牡丹,在国家牡丹园里看到几株正在开放的牡丹,红中带紫,艳而不燥,十分漂亮,旁边一个标牌:"青岛红"。这位青岛美眉顿生亲切感,旋即,疑惑也在她心中升起:洛阳牡丹为什么叫"青岛红"?

花工告诉她一个演绎一百多年的故事。1897年11月德国以"巨野教案"为借口派兵占领青岛,遂将德国远东舰队司令部设在青岛。青岛蓝雨酒庄老板赵文儒先生为避祸乱,举家迁到夫人王氏的原籍洛阳。赵先生在青岛时精心培育着一种牡丹新品种,他不忍弃此花,就将仅有的七株牡丹一起带到洛阳,种植在自己的居所,朝夕相守,为它取名"青岛红"。

2005年春,赵丹女士成了蓝雨酒庄第五代传人,也成了那七株"青岛红"的养护人。她游遍古都园林,竟然没有发现和"青岛红"一样的品种,就把七株"青岛红"献了出来,"青岛红"来到牡丹专家手中,八年间,从当初的七株,发展到目前300多株。

"萧雨星"被这个典故打动,萌生出请"青岛红"回家的愿望……

听到"萧雨星"讲这个故事不久,女孩就在公司微博上看到总经理吴争锶带队到洛阳考察"青岛红"的消息,接着看到召开迎"青岛红"回家的新闻发布会。洛阳牡丹要在青岛盛开,"青岛红"要回家了!

女孩兴奋地叫起来,竟忘乎所以地叩开总经理的办公室:"真的?"

吴总正和两名洛阳客人说话,看到女孩,亲切地说:"高兴吧?这一段工作顺利吧?"

那两位客人也笑望着她:"你的朋友'萧雨星'的心愿要实现了。"

"你们怎么认识我?怎么知道'萧雨星'?"女孩讶然。

"这是一个商业秘密,一个策划。"

"'萧雨星'就在你身边呀。"

两个客人争相回答她,却让她更加糊涂。

"糊涂就对了。安心工作,保守秘密。OK?"吴总微笑示意,女孩知趣地退出去。

可是,萧雨星究竟是哪一位美女同事呢?

"迎'青岛红'回家"仪式的第二天,日报最显眼的位置放着最美的一张图片:阳光下,一位高挑秀美的青岛女孩,穿着合体的工装,微微俯身,深情凝视着含苞待放的"青岛红",图片标注:"青岛红"形象大使!

女孩第二天早早来到公司,帮着护理牡丹,特意看了看微微开放的"青岛红"。好几位参观者拦住她问:"你就是宝龙女孩萧雨星,'青岛红'的发现者,形象代言人。"

"我不是呀!"

可,谁是"萧雨星"呢?

微博上,"萧雨星"也功成身退,再也没出来说话。

牡丹渐渐盛开,整个场子国色天香,观赏的人流络绎不绝。

女孩又看到了那两位洛阳客人,是他们送牡丹来的!她赶上去,悄悄问:"究竟谁是'萧雨星'呀?"

一位说:"这是个秘密。是个策划。"

另一位说:"不是你吗?都上报纸了。"

女孩若有所悟:难道"青岛红"也是一个策划?!

桃花 style

导读:在古都洛阳的城市广场,一男一女缓缓散步,他们的意象中,四周就是桃林,桃花盛开,落英缤纷……

他说,你有没有一种经历:在不同年份的同一天,你无意识地到了同一个地方,看着相同的景物,突然想起之前的某年某月某日,你也曾这样站在这里……这说明了什么?

她说,嗯——有一份感受一直藏在你的心灵深处?

他说,是你的生活变化不大,所以你还能沿着相似的轨迹走回邻近的地方。

哦——她抬起头,看到洛阳宝龙城市广场的大屏幕上正在放着《江南 style》,转过头,她看到他正在背后观察着她,便嫣然一笑。

她说,你知道吗?有时在不同时间和地点,你也会产生与几十年前某一时刻同样的感觉,这一会儿,站在时尚感十足的城市广场,她的眼前却是一路桃花,落英如雪,覆在树下金黄的油菜花上……她想说,在那花海深深处,应该有或者真正有过一个心仪的情人等着她染一身粉红和幽香如期而至!但她转开目光,不想让他看到这些想法。

他的眼里也满是桃花:我每年春天都要回到家乡小城去看桃花,出了城四五里,云梦山下,处处桃花林,走进去你就迷了,醉了……

她便想起了云梦山下,那一树桃花。在家乡时,年年春天看桃花,桃林漫步只有她一个人满心的渴盼。初恋后,她也年年恋爱,只是没有在桃林中留下浪漫故事,因为,她的几次恋爱都是从桃花落尽芳华开始,经过了夏天、秋天,到了冬天便冰封了。桃花抚慰了她心中的伤痛,让她重新渴望爱情,又害怕灿烂后的凋落!

这心情与她此刻一样。所以,走过肯德基、必胜客、迪欧咖啡、星美国际影城……穿行在玻璃钢质的城市雕塑间,她想起漫天桃花。

她笑了,你一定在桃花林有浪漫故事,所以如此记挂!

他们已经围着城市广场转了一个圈,回到正门大屏幕下,鸟叔的骑马舞正 high。她仰起头,看那 MV。他静静地望着她的脸,审视岁月的痕迹。

他们是高中同学,她高三时,他高一,两间教室顶头,他常常观察窗外飘过她苗条动人的身影,却无缘说话。

毕业多年以后的一次朋友聚会,他匆匆而来,说自己刚刚送走一批前来考察的省领导,他的接待,让他们很满意。她笑了,他还是那种自负的样子。

他的生活轰轰烈烈,她的生活平凡单调,又一次见面,是在一次他负责的大型活动上,经过一个多月的筹备,开幕庆典圆满完成。她是跟着单位方阵来的,他把她拉到自己所在的雅间一起吃饭,向众人昭示他们的同学友情。她忙向大家解释:"其实,当年我们都没有说过话。"这一描,反而更黑,大家都笑,她气得无可奈何。

一年后,他通过招考来到洛阳从政,从只身一人来到一个完全陌生的工作、生活环境,到把老婆孩子都接到洛阳,重拾平凡普通的家庭生活,这中间经历过什么,她在小城一无所知。其实,一个人的心路历程,又有几个人能知道呢?

多年后,她寻梦也来到城市。他请她到西餐厅吃饭,为她和自己各点了一个牛排,第一份上来,本来应该让她先吃,但是,他想到她说是第一次吃,一步步教,怕伤她面子,就把第一份放到自己面前,让她效仿自己。所以他的动作显得很夸张。他们边吃边聊,他竟然毫无戒备地把一段已经结束的婚外恋情和一段正在困扰的心事倾诉给她。或许就是因为她认得其中的女主人公,也善于聆听别人的心声吧。那一顿饭吃完之后,他开车送她到公司门口,她开门下车,他说:"等等,你忘了一件事。"

"什么?"她想来想去,疑惑不解。

他轻轻嘟哝了一句,脸唰地红了。她没听清,愣着在想。他已慢慢倒车离开了。

她常想起来那个分别场景,想他为什么脸红。她没有感觉,友情和同学的熟稔就是如此,依恋而毫无暧昧。她担心他想岔了,那样,她就很难和他相处,甚至会失去这个朋友。于是,很长一段时间,她都不联系他。

她必须请一次客,在这所城市,这次请客按最普通的标准,也需要一千元钱。她正好手头紧张。窘迫的她,想来想去,决定向他借一千元钱。他问她用途,她说了真情。

他回短信说:"如果你另有他用,说个卡号,我打给你。如果是为请客,一千元根本不够。我来替你安排,你只管请人。"

她感激不尽。

结果是,那晚的宴请很成功,她更加感激。他说:"多大的事呀,弄得跟英雄救美似的。"

"也许,对你是举手之劳,却是在我最窘迫的时候解决了难题。"

他笑了。

他说:"离开你的时候,总觉得你那么亲近,见面的时候,又感觉你离我那么远。"

广场上,微风吹过,撩起她的长发,很冷。在桃林,定有一串花瓣"噗"的一声离开花托,散落凡尘。她知道他在看自己,她心里有故事,主角却不是他。太阳偏西,AB座高层公寓的影子长呀长呀,慢慢地漫过马路对面,城市的黄昏总是来得早。他说:回吧。真得回了。

她点头:"谢谢你陪我一起看桃花。"

这话点燃了他的兴奋,在他的一生中也许只有这样一个女人,会说出他心中的感受:午后,在城市广场,一起看桃花!

玉芙蓉

导读：玉芙蓉是牡丹花的一个品种，色白如玉，也是唐代一个绝色女子的艺名，这个有"色如芙蓉声似玉"美誉的女子身世转篷，最后竟成了一名酒店业的大姐大……

网友"玉芙蓉"邀请我去参加芙蓉楼酒店开业庆典，正好那天是我准备了几个月的书稿交付出版社的日期。我对她，对芙蓉楼向往已久，不能成行，心中甚憾。

因为她，我闲暇时脑子里就会跳出与玉与芙蓉有关的句子。"爱君帘下唱歌人，色似芙蓉声似玉。"白居易的这两句诗，赞的是大唐歌女张好好，特巧，这"色似芙蓉声似玉的"张好好，艺名也叫"玉芙蓉"，一个唐朝，一个当世，都是洛阳奇女子。

唐朝玉芙蓉姓张，当世玉芙蓉也姓张，又是一巧。

我跟着洛阳网友"玉芙蓉"慢慢了解了唐代玉芙蓉。她说，玉芙蓉是唐代奇女子，有三奇：

第一奇处是出身：她出身于一个犯官之家，童年时被卖为官伎。她勤奋，她坚持，十三岁时，成了一名最优秀的官伎。

第二奇处是十三岁那年，她生命中的第一个男人、一个进士出身的伪君子粉墨登场了，此人是沈传师！此年是大和三年（**829**年）。

十三岁的歌女玉芙蓉入了南昌江西观察使治所的乐籍。恰巧,沈传师以尚书右丞外放为江西观察使。

有一次,沈传师带了使府幕僚到南昌城外的滕王阁宴会,初次听到玉芙蓉的歌喉,一听之后,大为赞赏,此后,张好好在江西观察使府的幕僚中被"特垂青眼",游玩时总要邀张好好来唱歌。这帮幕僚中有一个人叫杜牧,也就是"小李杜"中的那个"杜"!

大和四年(830年)九月,沈传师调任宣歙观察使,又将玉芙蓉带到宣城。此时,沈传师的弟弟沈述师看上了玉芙蓉。无耻的沈传师把玉芙蓉"赠给"了同样无耻的沈述师。沈述师纳她为妾,请客时也会叫她出来唱个歌。

第三奇太和七年(833年),沈传师调任吏部侍郎,宣城幕府中的幕僚们也各奔前程。

而玉芙蓉,沈述师对她的热度未超过两年。被沈述师抛弃后,她选择了真正属于自己的自由和事业。成为那个时代洛阳酒店业的大姐大。

"洛城重相见,婷婷为当垆。"大和八年(834年),以"十年一觉扬州梦,赢得青楼薄幸名"自嘲的杜牧,在洛阳东门与张好好重新相遇,张氏已洗尽铅华,开了一家名字叫"芙蓉楼"的酒店,为当时最有品位的酒店。

我好奇地问网友玉芙蓉:当世洛阳的"芙蓉楼"是你的?

她笑,不是我的,我为什么不能了解呢?

我在一家文化公司的画展上认识慧子——清瘦、美丽的女子,衣着奢华、妆容浓艳。有人指她悄声说:"二奶。"

她拿到我的书,请签名,说:"曾经,我也梦想写几本书。"

爱书的女子,一定有很美的故事,我想。于是,没有疏远她。

那入秋的一天,惠子打电话说想跟我见面,吃个便饭,随意谈谈。我脱口而出:"芙蓉楼见。"

下午五点半一到,我穿着工装便赶到芙蓉楼,坐在临窗的木桌边,要了一杯白开水,刚喝了一口,便看到一位着长纱裙的女子姗姗而来,是惠子。

她说:"很想让你写写我,出本书,我来出钱。"

"为什么你自己不写?"

"我写出来的,是真实的自己;你写出来的,是你眼中的我——我想知道,别人如何看我。"

我抬眼盯着她浓妆的脸,真美,即使她洗尽铅华,也一样美得不可方物。天生丽质,我见犹怜,何况权贵?但她的眼神里满是落寞、伤感。

我试探地说:"你应该是年轻人励志的典范,大学本科毕业,在报社当记者,一年时间从一名不喜交际的大学生,变成了业务能手,两年时间有了自己的小车,三年抓住时机跳槽,成了种植欣赏花卉的大腕……又是五年过去了,你已经拥有别人打拼一辈子都未必获得的一切。你还在乎别人的眼睛吗?"

她的脸红了起来,眼睛转向斜前方。那里,一对年轻人正一轮一下,给对方喂饺子吃,甜蜜爱情在他们四周流溢。她又忙着把眼睛闪开,垂下眼睑。泪还是不争气地从眼角滚出来,滴在木桌上。

我似乎看到了大唐玉芙蓉当年被沈述师抛弃时的无奈与痛苦。

我说,给你讲一个"玉芙蓉"的故事吧。她流着泪,听完了我的讲述。站起来说:"让我好好想想。"

握着她的手,在芙蓉楼门口道别,我吟诵那首诗的末几句给她听:

……

洛城重相见,婷婷为当垆。
怪我苦何事,少年垂白须。
朋游今在否,落拓更能无?
门馆恸哭后,水云秋景初。
斜日挂衰柳,凉风生座隅。

惠子又一次说:"我回去好好想想。"

我也赶着回家,要在网上见到"玉芙蓉",告诉她我去过芙蓉楼了。

古铜镜

导读:一位老妇人却收藏着一枚"和硕和婉"公主的古铜镜,这镜是真是假,在九朝古都的周王城广场又发生了一件什么样的故事呢?

九朝古都的周王城广场一侧。

一家颇有盛名的古董店里,煤城市政界要员的女儿赫丽娜和丈夫杜局在柜台前挑选首饰,后天,他们的女儿杜姗姗就要订婚了,他们想给她一件值得收藏的珍品。

身后的门猛地被推开了,进来一名年轻体壮的青年,他的身后跟着的是一位珠光宝气的华贵妇人。妇人身后簇拥着几位随从似的男女。老板抬头一看,随即恭敬地迎了上去。

这个女人虽然没有官职,却势力很大,豪阔无比,她就是"煤炭大王"贾宝贵的女儿贾琳。

离洛阳很近的煤城人很富,到洛阳消费是一种时尚。

赫丽娜一回头,两个女人的目光如通上高压电流,撞出了火花。

这两个来自煤城的名女人!他们的父辈,一个是煤矿管理,一个是煤炭大王,中间的过节甚多。年龄相仿的两位千金也因为父辈的矛盾而饱含敌意。她们的目光足足僵持了几秒钟,谁也不肯示弱地转过头去。

杜局硬硬地把妻子拉开,才暂时中断了这隐带火药味儿的较量。

"哼!"贾琳骄傲地一努嘴,昂首走到柜台边。"有没有新到的好货色?"

"好嘞,您稍等。"店老板转到里间,用平盘托出几件玉器,悄声说:"都是从汉墓里出土的。刚出来,都还没给别人过眼。"大古都的西郊,据说占龙脉,风水很好,是汉代墓葬群,知名的王公贵族墓国家早已开发。一些不知名的公侯将士、富商平民的墓还没来得及开发,就被一些盗墓贼盗了,文物散落民间。老板知道这些东西谁能买得起、罩得住。

"老板,给我换一个。"赫丽娜把已选好的明代玉佩放回桌上,不甘示弱地喊。

贾琳也傲然地叫:"这些东西也让我看,你没宝开的什么古董店。"

老板左右应付,谁也不敢得罪,额头渗出汗珠。

一位老妇人挤到柜台前,从内衣里掏出一枚蛋圆形玲珑精致的小铜镜。说:"老板,你看看这值多少钱?"

老板接过来,惊呼一声,用放大镜看精致典雅的雕花纹理,在镜子背面隐蔽的地方,看到两个满文小字:"和婉"。

老板惊叹道:"大妈,你这玫铜镜是乾隆时的珍品,应该是宫中流出的。如果没错,是和硕和婉公主的妆奁,这么珍贵的物品,你怎么得的?"

老妇人叹口气说:"当年,我爷爷当兵,不知在哪个地方得了这个小物件,揣在怀里,替他挡了一次子弹,大难不死,舍不得丢掉。后来就给了我。我们豫西乡俗,姑娘出嫁那天,腰里要系一块铜镜避邪,它不知送过多少大姑娘出嫁了。我还真不舍得卖。"

赫丽娜听说这是一枚吉祥铜镜,正好送女儿做订婚礼物,过来说:"我出一千块,大妈,卖给我吧。"

老妇人望向老板:"那一年,有个串乡收古董的人出三千块要买,我都没卖。你是识货的,我听人介绍,专门大老远坐车来你店里……"

老板笑了,认真地再看看那玫铜镜说:"看起来不像仿制的,不过,铜镜这种东西,不值钱——你看,我店里明代的才卖2000块。这个三千也足够了。"

"我想卖5000,有人说,值这个价。你行行好吧。我大儿子腿不灵便,二儿子矿难时被埋在地下,整整25天,竟然活了过来,我去探视他,借了一千多块钱。死难者家属获赔二十万,幸存者,一分没有。回来后,他身体很弱,不能干活,还得好吃好喝补养,家里一分钱也没有了。"

老妇人嘴唇颤动,深陷的眼窝里蓄满泪水。

赫丽娜看了贾琳一眼,撇撇嘴,拿过铜镜仔细审视一番,说:"好,我给你五千。那些昧了良心的煤矿主,榨取工人血汗充自己腰包。"

贾琳脸色由白变红,她傲然地走过来,一把拿去那枚铜镜:"我出五万。"

老妇人不相信自己耳朵,她高兴地说:"那感情好,我就啥也不愁了。"

"五万五。"赫丽娜伸手按住铜镜。她忍住心痛,为了较劲儿,也为了对老妇人遭遇的同情。但她低估了贾琳。

果然,贾琳轻快地上嘴皮一碰下嘴皮:"十万。"

老妇人被这个数字惊呆了,店老板也吃惊得瞠目结舌。

赫丽娜的脸开始由白变红,骂道:"你那沾血的脏钱,你买不回你家丢失的良心。"

杜局连拉带抱把她弄出门去。

贾琳对欲围上去的跟从者挥挥手:"她有神经病,理她做什么。"说完随手甩出一大摞钞票,扬长而去。

老妇人一边搂钱,一边冲外面喊:"好人呐,你忘拿铜镜了。"她不明白,为什么两个争铜镜的女人都不拿走铜镜,这样出手大方的"好人"这样少,她活了这么大年纪,才碰到一回。

龙门约

导读:千惠脑中闪过一句佛语:前世一千次的回眸,才换得今生一次擦肩而过。

在电梯门将要合上的一瞬,男人转身回来,伸手抵住门,低声问:"你是作家?"……

"伊滨之夏"笔会结束,千惠走回电梯前,准备到房间收拾东西返回市区。

电梯走出一个高个子男人。擦肩而过的时候,他们同时回头望了对方一眼,男人很顺眼,骨骼匀称,皮肤是被海风吹成的微黑,方正的脸上戴着眼镜,文气大方。

而千惠,正是一个百里挑一的女人。千惠脑中闪过一句佛语:前世一千次的回眸,才换得今生一次擦肩而过。

在电梯门将要合上的一瞬,男人转身回来,伸手抵住门,低声问:"你是作家?"

千惠说:"编辑,为作家服务的。你呢?"男人说他叫志港,从连云港到中原来谈生意。他想看看洛阳的名胜古迹。

千惠说:就近看龙门石窟吧,那是洛阳的标志之一,是世界文化遗产。

志港说:能不能请你给我当导游?

女人犹豫了几秒钟,便答应了。写作、编辑的职业,使她习惯性地喜欢观察各类人,琢磨他们的心理,甚至时刻想走进一个个故事,寻找写作素材。或许她就是那种天生易于动情,却又不能持久的人吧。她爱过许多次,爱得死去活来,又死去活来地分手了。

两个人走向龙门石窟的入口,志港问:"你怎么会答应我的邀请呢?"

千惠狡黠地笑了:"我虽然生活在洛阳,只是上小学时来过两次龙门石窟。这些年很忙,一直没有真正走入园门。我自己想看看,便借了你的光。"

千惠白衣胜雪,身姿袅娜地一转,脚下突然一崴,痛得不停吸气。

志港在路边摊上为千惠买来一把淡紫色绘着牡丹的阳伞,

缓缓地陪着她在青石路上走。千惠自然地伸手让他搀扶着。

千惠想：也许这就是缘分吧。

"想什么呢？"男人细心地问。

"哦，没有。前面就是卢舍那大佛了。"

千惠的汗把背都打湿了。志港回过头来，拿纸巾替她擦了汗，然后挽了她的手，扶她一步一步走上高高的石阶。千惠感激地说："本来是要陪你，尽尽地主之谊，倒让你来照顾我。"

志港说："谢谢你给我这个荣幸。如果你到我们海边来，我一定陪你坐船、游泳。"

千惠的汗一直流，她咬牙坚持着。当志港夸她的生活真精致时，她腿一软坐到了地上，抚着脚笑说："你的夸奖让我倾倒了。"

志港买来水，陪千惠坐在石阶上，望着伊河对面山上的白园香山寺。他们聊着他的海城和她的作品，他们聊着他的生意、爱好和她的家庭、经历。

太阳偏西了，千惠站起来，要陪志港游览下去，他们才走了四分之一的路程。

志港坚持返回："留一些缺憾，才是美，这样我才会时时想起重到洛阳来。"

午夜时分，千惠在电脑上写小说。她的手机响了。

志港打来电话："买完火车票，我便到影城看了场电影，回来坐在候车室看你的小说，外面很热，你的文章给了我一个清凉的世界。我要上火车了。我会在天涯海角关注你的作品，再见。"

千惠噢地站起来，想向火车站跑去，但她还是坐下了。

幸好有手机和网络，他们随时可以交谈。

千惠发生了许多变化，就连戴着厚厚眼镜，又近视又老花的老编辑卫叟都忍不住问千惠："丫头，是不是恋爱了？"

千惠红着脸矢口否认。卫叟摇头:"有了爱的女人眼睛格外亮,身上有一股异香。"千惠抬袖闻闻,什么气味也没有嘛。转过身却在问自己:"我是不是恋爱了呢?这心里时刻牵挂的感觉不是爱吗?"

转眼到了第二年春天,她出差去南京,他却必须到北京跑一趟业务。一个向南,一个向北,两列火车擦肩而过。他的信息发过来:"你是我前世一千次回眸,今世注定的缘分。我爱你。"

千惠一刻也没停地回复:"我也爱你。"

办完公事,返回洛阳的火车上,她强烈请求和志港再面。

手机乐音叮咚一响,志港回复:"第一次见面的时间和地点,我们相约重逢!"

重逢的日子,千惠站在龙门石窟大门口。她特意穿了那条白裙,撑着那把阳伞。

一个颇有风韵的少妇向她走来,问:"你是千惠吗?"

千惠点头。

少妇说:"我是志港的姐姐……"

姐姐说:"春天,他从北京出差回来,开车的时候低头看短信,没有躲过对面的违章车辆,受了重伤。他托付我照顾两个人,一个是母亲,一个是你。他一再叮咛我在适当的时候用适当的方式告诉你们他离去的消息,所以……妈还不知道儿子已去世。"

千惠手中的伞跌落地上,她缓缓地摇头:"我不信,一点预感都没有,不是真的。"

她突然笑了——志港扶着母亲从转角应声走出来。千惠不顾一切地跑过去,扑在他的怀中。

雨牡丹

导读：那个牡丹初放的时节，阿惠携着女友阿敏从江苏一座临海的城市来到洛阳。当她们俩说起东台话时，我就像在听两个日本女人叽里咕噜地交谈。

人间四月天，洛阳赏牡丹，她们就是冲着牡丹来的。但上路前，天突然下起雪来……

那个牡丹初放的时节，阿惠携着女友阿敏从江苏一座临海的城市来到洛阳。当她们俩说起东台话时，我就像在听两个日本女人叽里咕噜地交谈。

人间四月天，洛阳赏牡丹，她们就是冲着牡丹来的。但上路前，天突然下起雪来，等她们到了洛阳，雪转成小雨。小雨像雾又像纱，把整个天地都弥漫了，到处凉浸浸、湿漉漉的。

见到阿惠的心情非常开朗。有朋友自远方来，不亦乐乎？何况，她还有新出的书给我，书中美文配佳图，美轮美奂。

三人正在房间说笑，突然有人敲门，进来的是一位黑黑瘦瘦的中年人，戴一顶黑帽，穿一袭黑风衣，背的包也是黑色的。阿惠介绍说他叫老车，是江苏一座海城日报社的，来给阿惠送样刊。

"不会吧！"我惊讶大叫，"一份样刊，寄到作者留的地址上就行了，还有编辑跟踪千里，送一份样刊的？就算是日报讲求时效性，也不至于这样急呀！"

我发自内心的惊讶,却让他感觉是一种调侃。他解释说:"周末无聊,到西安游览一圈,拍了些照片,准备写些文字给下一周用。返程时,阿惠发短信说来洛阳了,我就在洛阳下了火车。"

"好哇,拍一下我们洛阳的雨牡丹吧。"

经过考虑,我们选定一个最佳的路线:从新天鹅宾馆出发到《牡丹》杂志社拜山,然后到国花园赏花,下午到白马寺,第二天去龙门石窟。

《牡丹》杂志社里只有一个值班编辑在,见有外省作者来访,马上电话联系到新区参加活动的社长。约好中午一起吃饭,我们便驱车到洛阳桥边的中国国花园去看牡丹。

毛毛细雨还是轻轻飘洒着,游览车一路向里,路上的芍药都没开,绿生生一片,偶尔有一两株白牡丹微微含苞欲放。但越往里,越觉有异香渐浓。一抬头,曲栏水榭间一片牡丹开得正好,姚黄、魏紫、洛阳红、黑海撒金开得雍容大气、灿烂耀眼。花瓣沾了水珠儿,像特意装点上去的水晶颗粒,别有情致。

我那天穿着一件大红色的外套,粉面黑发映着牡丹,画面煞是好看,老车的镜头一直跟着我,为报纸取图片素材,深紫外套的阿敏总是远远落在后面,需招呼她,才肯走拢来。

她不写作,算是圈外人,拘谨些,可以谅解。

本来以为,牡丹就是这一路看到的样子,大气好看,异香扑鼻。没想到再往里走,雨棚下面的牡丹才让人惊艳,看了这些牡丹,才明白"姚黄魏紫寻常花,奇色异香在宫闱。"不由感叹"唯有牡丹真国色",再无他花可匹敌了。欣赏这样的花,才叫悦眼目、怡心性、养寿命。一转身,发现有一处牡丹名字好怪:"千代之舞"……我疑惑:"洛阳牡丹怎么取个日本名字呢?"

看介绍才知道,这本来就是从"扶桑"引进来的。这时,阿敏眼里闪过一丝忧郁,小声嘀咕了句方言。

《牡丹》值班编辑打电话催促返程吃午饭了,饭局就近设在神都大厦的"神都御膳房",一场御膳表演,让我们重返大唐,享受宫廷御宴,又领略神都文化。

下午,正赶上白马寺法会,我们站在圈外观礼,被肃穆神秘的宗教氛围震慑了。法事的最后,大家都往功德箱里捐投钱币,一百的、五十的很多,我跟过去,投了一张五十元的,老车和阿惠也投了,轮到阿敏的时候,她满眼含泪,如醉如痴地走过,竟忘了投钱。

参观完白马寺往旁边的庵院去看齐云塔的时候,天又飘起雨丝,一片一片的牡丹在凄雨中瑟缩着,颜色也旧而淡了。

阿惠说:"当年张抗抗来洛阳写了《牡丹的拒绝》,这次,牡丹也含泪不发哦。"

阿敏说:"有阳光的时候,牡丹是什么样子。"

我说:"就像美人洗过脸后,化了新妆。"

"哦。"阿敏转过头去和阿惠说起了方言。阿惠点了头,然后,对我说:"我们明天自己去龙门,让您费心陪了一天,您也该回去照顾家里了。"

我以为是自己哪里不对,惹阿敏不高兴了,既然她们商量过了,哪我就离开吧。老车也要到火车站去,赶回去发第二天的日报副刊。我们返回西工,就人分三路了。

总觉得阿敏怪怪的。

不久,老车的版面刊登了洛阳赏"雨牡丹"的照片,阿敏在那照片的背景上很小,一副低头垂泪的样子。

我忙打电话问阿惠,她说阿敏的母亲刚刚去世,阿敏来看牡丹,是替母亲了却一场心愿。

原来如此!

巧　遇

导读：同样都叫林风，却有着不同的命运，因为生活轨迹相交，他们又影响着彼此的命运，有时是巧合，有时是有意……

从哈尔滨到昆明的飞机终于穿过雾霾降落在洛阳机场，晚点一个半小时。乘客依次检票登机。

林风坐在33D座，33E空着，33F是一位五十出头的微胖男士。林风放好行礼，舒展一下身体，见33F拿出随身小包，取出一▇▇▇子，解开衣裤，她本能地闪开眼睛，脸红了，却又忍不住好奇斜眼观察，见33F正往肚皮上注射胰岛素。她微笑着说："糖尿病？"

33F豁达一笑："哎。"

林风同情地说："这病忌口多，遭罪。"

33F收拾好注射器，坐稳说："嗯。习惯了，不当它是一回事就好。也感谢这病，我不到五十岁就病休了，要不还得在烟草公司干十多年，哪来现在的高工资。"林风一时忘了"男不问收入，女不问年龄"的忌讳，接口："您现在工资得多高？"

"原公司里拿小三千，我现在不是在哈尔滨一家大烟草跨国公司跑业务吗？这个是拿年薪和提成的。像我这次到昆明谈业务，一应费用都可以报销。"林风羡慕地说："真不错。您是怎么和东北那边公司联系上的？"33F说："这里面还有一件巧事呢。那年

烟草系统在北京有一个会议,我参加了。晚上,不停地有人打电话过来,叫我林总,和我谈业务,都是很大的交易。刚开始我以为是有人恶作剧,后来疑惑有个同姓同名者也在这个会议上。我找来会议报到薄一看,果然有一个人也叫林风,是哈尔滨的。查了他的电话打过去,他也觉得有缘,便约到一起谈了一个晚上。从此成了朋友……"

"等等,你说什么?林风?你和他也叫林风?"

"哦,都叫风,同名同姓。你也认识叫林风的?"

"我本人。我也叫林风!"

33F 把她上下打量一下,惊讶地说:"第一次遇到女的叫林风,还是个真美女。你是做什么的?"

林风说:"本来是一名老师,一名好老师。但是,我也是因为一个偶然的机遇,认识一位福建织袜厂的小老板,我就辞职出来了,在关林做袜业批发,小生意。"33F 赞许:"能舍了铁饭碗做生意,这就是个能人呀!"

"坚守,还是舍弃,是每个人的不同选择。"

飞机经过一阵颠簸后,平稳飞行,空姐开始分发饮品。

林风要了杯咖啡。33F 要了一杯白开水,喝一口,接着说去年他又遇到个林风:年初出差到武昌,接待方请洗脚,洗脚妹是一位带着一幅厚厚眼镜的小姑娘、没考上大学,家里缺钱,就出来打工。33F 一边靠在沙发上享受,一边随口说:"现在流行做准分子视力矫正手术,你也去做一个。大姑娘家的戴这么厚眼镜,不方便也不好看。"姑娘感激地说会去看看。年底,他出差到汉口,接待方也是请他洗脚,洗脚妹也是一个戴厚厚眼镜的姑娘,他就又随口提了那番做准分子手术的建议。那姑娘把他上下打量一番,惊喜地说:"是你呀,真巧。"

"你?怎么跑到这里了,怎么没做眼手术?"33F 终于想起在武昌遇到过她,惊讶不已。

姑娘说:"刚换到这家一个月。我的收入并不高,每月还要给家里寄钱,所剩无几,攒不到手术费。"

……

33F 喝了手中的水,把空杯递给专注听他说话的林风:"帮我再要一杯。我当时想帮帮她,就询问她的联系方式,她的父亲是一位烟农,竟然也叫林风。"

林风笑了一下:"帮了吗?"

"回去后,因为忙,就忘了。转念一想,这样的姑娘太多了,帮得过来吗?"

"可……能帮一个算一个,能帮多少量力而行。请给我她的联系方式。"

这时,飞机到达昆明上空,马上要着陆了。33F 在记事本上翻找一下,飞快抄写在便条上,撕给林风。

走出机舱,33F 顾不上和林风道别,一边打电话联系接机人,一边匆匆往前赶。林风也掏出手机,查询航班。四个小时后,将有一趟飞机飞往武汉。林风订下机票,取了旅行箱坐在大厅休息,她计划给那个父亲也叫林风的戴厚厚眼镜的洗脚女孩一个幸运的巧遇!

包万象

导读：没文化的包万象做起文化事，目的还是以文化打底抓经济，精明的他到最后却有了一个出人意料的结局！

包万象真名就叫包万象。

包万象个不高，腰粗肚圆，横尺寸与竖尺寸相等，远远望去像一个圆圆的大球。他很热情，看到熟人便飞一般跑过来，像一只滚动的球，让人害怕被他冲倒了。偏偏他操控灵活，到了人跟前，咯噔一下就刹住了，胖胖的圆脸满是笑意，该叫哥叫哥，该叫弟叫弟。该谈的事情谈了，谈办的事情办了，然后一个劲儿地请你吃饭，饭局座次千谦万让，喝起酒来又豪爽大方，从不作假藏奸，每一滴酒都倒进了肚子里。

听说肚子大的人肠胃里油厚，抑制了对酒精的吸收，所以往往酒量大，极少喝醉。

包万象从小就很爱美女，上学时候看到漂亮的美眉，都会笑眯了双眼，总想上去搭讪几句。无奈小时候肚子瘪脑袋圆，像小西瓜上长俩眼儿，只讨人嘲笑，不讨人喜欢。小美眉一见他，捂嘴一乐就跑远了。成年以后肚子圆，美女倒是愿意凑跟前，甜不嗲地叫包哥哥，让他请客吃大餐。吃饭时又肯坐在他跟前，酒自然都倒给了肚大能容的包哥哥了。包万象脑袋瓜子好使着呢，知道美女往自己跟前凑，是因为自己这模样困难，有充分的安全感。

包万象是个粗人,初中文化,大大咧咧,不会吟诗做对,心眼也粗,酒席上一通酸不溜丢小笑话,把美眉一个个笑倒了。他觉得值,管你小丫头怎么想的,我看了满眼春色,就足了。

包万象是个能人,先在市郊搞个养猪场,接着又挨着养猪场接手几亩地,办个预制板加工厂,几年下来赚了大钱。包万象有了钱就不想做粗人,他搞文化,搞来搞去包了一个网站。他不懂网站业务,就请了一个男的搞外务,两个女孩管技术。又围绕网站,聘了几名业余记者。有了网站,包万象就经常出头露脸于各种公众场合,专门带着记者采访发帖。他的影响越来越大,许多活动开始邀请他,几个文化团体都聘他为顾问。包万象一跃而凌驾于众多文化人之上,成了文化顾问。

成了文化"人上人"的包万象感觉特别良好。特别是参加文化活动,他都被让到上席,会后还有美女网友围着他合影。有一个叫管小兵的女网友写了不少网文,颇有文采。管才女在宴会上端着冰啤跟包哥哥碰杯,说:"你在网站给我开个专栏,我给你帮忙抬抬人气如何?"包万象呵呵一乐:"喝酒喝酒。"

管才女娇躯一扭:"我是说正经话。真的哦,我在专栏里给你写文章,也让别人贴文章,我来管理。有好的呢,也往几家报纸杂志推荐,如何?"

"嗯。你写世情吧,人间百态,百姓冷暖之类的文章。开个专栏叫什么名字呢?"

"管天管地。"

"不行。你管不了,又没文化味。叫个——管窥人生。视野小,看到的是一个片段,那就是特色。"

"呀!"管才女惊叹,"咋连'管窥'都知道?看不出来,你还真不是混饭吃的。"

事过几天,管才女打电话问开专栏的事。包万象约她茶座谈谈,包万象说:"我给你开个专栏容易,你三天兴致过了,给我扔下不管了,可怎么办?"管才女身子往后一仰,让开包万象探到胸口来的肥脑袋:"我有很多事,也就是做个闲时的消遣,真让我趴在网上给你弄网站,我靠什么吃饭?"

"你要做,就该有长远策划,通过网站搞活动,可以向政府申请立项,经费绰绰有余。也可以搞征文、竞赛,收一些参赛费,这样下来……"

管才女明白了,这样一来,包万象就赢利了,而她就没时间写作了。

管才女不动声色,退而求其次,说:"包顾问,你聘我在你的社团做个秘书长吧?"

包万象笑:"像你这样漂亮,当个公关部长不错,是个好资源。不过,现在的事就这样,你散文写得好,他诗歌写得不错,另一个写小说是长项,但谁也不服气谁?文人相轻,自古如此,倒让我这什么也不写的捡个便宜,因为我跟谁都不争高低,就被争着聘顾问了。"

管才女很失望,但是又很佩服包万象。

不久,管才女听说包万象出事了。为了赚钱,他派人各处搜集名人、公务员的小道绯闻,利用一套似马似驴又非马非驴的艳照,分别根据这些人的绯闻,编成网贴,发在网站上,向这些人勒索巨款删帖费。

出事那天,包万象正从银行提现一笔转账,手铐就铐在他捧着钱的手上。

杜三斤

导读：杜三斤一生成也杜康。败也杜康,起死回生也因杜康,他难道真能喝三斤酒吗?

小杜祖籍杜康村,拿他们当地音读作:"**duangtuang**",普通话里没这个音,村人外出,常拿这个音难为不顺眼的城市人。小杜在市里读大学时,也常拿方言搞笑外地同学。

这小杜外形标致,不高不低,不胖不瘦,两只大眼滴溜溜机灵。小伙子读书不算少,是个中文专业。可做起事来,总有一些不靠谱。第一不靠谱就是爱吹。在宿舍里吹自己三斤的酒量,于是众人叫他杜三斤。第二不靠谱就是做事没原则。结果,周末一帮大学男生到校外聚餐,坐在谷水夜市里,点两个凉菜,外加每人一份凉皮下酒,半斤酒下肚,杜三斤就话多了,吹嘘在老家十里八村的女孩子都把他当偶像。现在有三个女孩子追着要嫁他。众人起哄:"你能把这三个女孩叫来看看不?"杜三斤一拍胸脯。果然前脚送一个走,后脚接一个来地让三个女孩都来学院转了一圈儿。

但不久,杜睿璞又和谷水西铜加工厂一个小女工好上了。女孩有工资,常常请小杜出来看电影、品小吃,还多多少少资助他零花钱。结果,小杜就不想回家了,假期跟着女孩住在洛阳。家乡的三个女友等不回小杜,碰到一起把话说透了,建立统一阵线,

到学校把小杜给告了。新学期一开学,全学院开学典礼前的系预备会上,宣布了对小杜的警告处分。

这是小杜人生第一个拐点。小杜便背着这十字架熬到毕业,返回家乡进了酒业公司。

两伊杜康商标争夺战时,杜三斤立了一功。他的大学男同学父亲在国家工商总局,岳母在省工商局。他便坐着公司小车天天入省进京。

商战获胜,杜三斤自请进洛阳做杜康经理部经理,天天兜儿里揣着厚厚的公款,陪着客户出入酒店歌厅。醉意朦胧中被小姐摸去了几万元公款,他一怒之下咬得小姐鲜血淋漓……这件事是杜三斤人生第二个拐点。

从拘留所出来,离了公职,在家乡也难待下去了。杜三斤开始思考自己的人生。

发现自己一次次的失败都源于自己遇事没有原则。那些天,他待在屋里,一支接一支抽着烟。妻顿顿把饭端到手上,劝他吃下。第五天上,他叫住收拾完屋子的妻说:"搬家吧。进洛阳,不回来了。"

他们租了门面,开起第一家私人酒业经理部。代售国营公司正牌酒利薄,勉强够花销。杜三斤的胆儿又上来了,他返回村中,联系小酒厂和家庭作坊,为他们销酒,获取更大的利润。杜三斤有一个自己的原则。商标可以假冒,但是酒的质量一定要过关。一定要保证纯粮酿制。

杜三斤在市里买了套房,成了洛阳人。开着皮卡经过新区回"duangtuang"时,一幢幢高楼闪向后面,一辆辆私家小车超到前面。他不由感叹:"洛阳发展太快了。得自己搞一个品牌,注册一个商标,获取百倍的利润。"

这个感悟是他人生又一个拐点。他发现自己从学校出来这些年，日子都跟文化脱离了，这一次，他又拾起来了。他为自己的酒作坊取名"瑞福坊"，设计一系列文化酒，投重资搞文化活动做宣传。

给商标注册，他跑了七七四十九回省城；向外推出品牌，他联系了九九八十一个文化活动。郑州、洛阳、新乡、安阳都成立了一家家"瑞福坊"经理部。

杜三斤成功了，也有了许多时间品味文化。他在QQ空间写心情日记："人永远不能甘于平庸、满足现状。如果自己当初安心于代售一件酒，赚十块钱，现在还开着面包车奔波在洛界高速运酒。人做事也一定要有一个原则，如果我没有创自己品牌，投资注册商标，而是假冒品牌赢利，现在可能被罚得翻不了身。"

他的中文底子不薄，偶然兴至，也敲两句诗，常招一帮文朋诗友喝酒唱歌，然后去喝茶。

杜三斤依然爱吹，吹跟省长碰过杯，吹跟中央委员的亲戚是同学……吹自己三斤的量。吹自己当初太傻太天真，要不，早做到哪一级高官了。一吹半天，开心，果真喝下去三斤茶水。

那天，他花巨资从一位"国务院研究员"手中买到一幅伟人的真手迹。专门设宴请一帮专家来鉴赏。酒足饭饱的专家，一致认为书法是假造的，因为傻瓜都知道，这幅伟人"真迹"落款的日期，在伟人去世半年后。

杜三斤，终于让比他更能吹的治住了。

书法家

导读：老李"内退"后，突发奇想，要成为一名书法家，却不是潜心学和练，而是走起了捷径，结果此行水深，理想破灭。但他又找到了一条新路子……

老李从听到那个传说的时候开始寻思自己该干什么：打工，身单力薄，年龄也不由人，出不动力；开个商店，缺少资金，经营什么项目才能赚到钱呢？难。

这样琢磨着的时候，那个传说变成了现实。"五十岁"成了一道彤红发烫的线，一踏上这条线，就得离开单位的门。基本工资照发，给你充足的发展空间，自由翱翔吧！可是，他的翅膀早在旱涝保丰产的单位里退化了，不知如何飞翔了。

今年的冬天不冷，没记得下过几场雪，就到春节了。街头已有人摆开桌子代人写春联。那一刻，老李的脑中电光火石一闪："练书法。"

在他的心目中，书法就是毛笔字。在村里读小学的时候，书写工具就是毛笔，他是个细致人，写字最能坐得住，一手小楷写得工整娟秀，像出自女生的手。他的本子总被老师画上一串串的红圈！

还别说，开蒙时练的童子功还真是根深蒂固，他的小楷依然工整娟秀得跟女生似的，写着、写着，他的毛笔越来越粗，写的字也越来越大,最后竟写起行书大字。老妻站他旁边看了,夸奖说:"嗯,行,能回村写对联、写中堂了。"

"喊,"老李一脸不屑,"你没看电视上,那些书法家一幅字都卖几万、几十万!听北京回来的老王说,那里搞书画展,当场就能卖出几十万块钱作品。一下子就成名了。"

老妻一脸敬佩:"快跟老王说说,你也报个名,去卖字发财。"

等到了北京书法展上,老李傻了眼:琳琅满目的各种流派、独特风格的书法精品,让人目不暇接,自己那入门水平的小楷和行书根本缩在袖筒里拿不出手。写书法是太来钱了,可财是给人家有多少年真功夫、有多么大炒作投入的人发的,不是谁拿只毛笔都能分一杯羹的。

心情沮丧地在画展上游荡,他突然在一幅作品前站住了。这是一幅工整的小楷,作品的内容是《金刚经》(节选),这也可以吗?

他看到接下来还有《心经》《道德经》《楞严咒》……书法家或穿着袈裟、或穿着道袍,或剃了光头、或留着长髯,一个个气质超凡,不时应邀现场表演。他们的作品很快就被人高价买走。他追上一个买了《心经》的人问:"买这种字有用?"人家打量他一番,看他木讷讨好的外表,笑着说:"领导的妈有病,老人家信佛,买一幅挂她床头辟邪。"老李点着头沉吟,一路深思,又点头沉吟,突然一拍大腿:"写经。"

他因为参加过首都书法展,成了小城不大不小的名人。一帮五十出头、内退后练书法的"老师",开着一个书社,常常聚会,就邀请他参加。

一番观察,老李又大胆决定在领导出入的酒店大厅盘下一间门面,自开书法院自任院长。还仿照书法名家印自己的封袋、手提袋,自封为"中国十大写经高手之一"。

他又请了一位能说会道的推手到各机关部门替他送"经"，竟然有四个行政机关、一家大公司各要了一幅经文。不久就通知他拿着发票去收钱，一年间共收入十万元。

他又给自己的书法做润格，加入了几级书法协会，在书法报刊登了自己的简介，说自己几代书法世家，自幼勤习书法，还把他拜访过的一个名家叫恩师。

小城太小了，盛不下老李这个书法家了。

他来到洛阳，在各种文化机构寻访"伯乐"。"经"一幅幅送出了，却没有一丝回音。

他在大街小巷徘徊时，看到一家新成立的文化公司。走进去，介绍自己，然后就留下来了，他为公司做需要动笔书写的工作。公司里每来一位拜访者，他便送上自己的字。谁要出去联系业务，他都争取陪同，送上一幅"经"文。依然没有他想要的回音。

随着公司业务越来越多，写书法的时间越来越少，他的精力也越来越不济。终于，那天，他一出公司门，就昏倒了。不远的路边，他送给一位来访者的书法，被风吹起，缠挂在行道树上，像一面白旗。

三天后，老李回公司上班，他找到经理："公司请了那么多'名家'，花那么多钱留个墨宝。倒不如给我包装宣传宣传，我的字画卖了，你七我三。"

经理笑了："人家已经成名了，字值钱，有些还能增值。你这个是风险投资……"

成为名家，多卖钱的梦想破灭了。他无限失落地退出来，打电话给在小城的"推手"，"推手"说："你在市里发展不错吧？快一年了，在小城一幅也没推出去。你想想，当初，你弟弟是'一把手'的秘书，人家都拼命巴结。今年，换了'一把手'，你弟下了乡……"

老李颤抖着手打开《心经》，自己都看出字里行间流溢着的浮躁之气，这样的书法，金装玉裱了，也不值钱呀！泪，滴在字上，一滴、两滴、三滴……

探照灯

导读：谭艾莉姑娘人美量大性格豁达工作单位好，偏偏爱上一个有妇之夫，还是个保安，为此还和极力反对的父亲断绝关系离家。但是，谭姑娘又远嫁山东了，究竟发生了什么事情？

"探照灯"是谭艾莉的绰号，像"宋不走""刘不住""原一瓶"一样是酒桌上得的绰号。

"探照灯"谭姑娘模样那叫一个漂亮，你真的挑不出什么毛病。皮肤白皙水灵，脸庞眉眼比例恰到好处，那身材一个字"美"，两个字"苗条"，好像《登徒子好色赋》里那邻家女儿就是看着她描写的。三杯两盏酒一落肚，谭姑娘面泛春色，白里透红，越发美不胜收。

就有人问："你是怎么保养的，用的什么化妆品？"

谭姑娘轻启朱唇："天生的。长得好的不用抹，长得不好抹了也白抹。"那叫一个厉害，那叫一个嘚瑟！

更嘚瑟的是谭姑娘天生的好酒量，凡赴酒局，不管主与客什么级别什么身份，自己大大方方往主客位儿一坐，便点"康百万

酒"。主持人开席令一下,她一两一杯,一仰脖,干得一滴不剩,然后,掉转空杯,一个人一个人挨着照,督促喝干。遇到有纠结犹豫的,她就一直用空酒杯口照着,嘴里一点不放松:"某局,你还是局长呢,这点酒都喝不了,咋当官呢。""喝,你养鱼呢,还是不是男人!这可是康百万酒,滴酒贵如油呢。"弄得人尴尬不已,却又计较不得,为了不让她逼得难堪,赶紧就范,让她放过。一桌之上,没有死角阴影——这就是"探照灯"的来历。

谭姑娘人美量大性格直爽,父母是洛阳城第一批离休的老干部,她又在某政府职能部门工作,签字批条、网开一面的事,只要求到她头上,一顿酒让她喝好,她一定大包大揽,跑前跑后给你办成。

父母都"离"休了,谭姑娘也该年近四旬了吧?是的,谭姑娘是一个人生活。二十二岁从家里搬出来,就独立了。她当年爱上了一个人,在她的心目中,那是个多才多艺英俊潇洒风流倜傥无与伦比的人,她每天下了班,就会来到他工作的地方,与他一聊就是半天,听他云天雾地讲笑话,还有他童年时生活的大山以及大山里美得像童话一样的生活。等到他下班,她便和他的哥们儿一起在路边摊、大排档喝扎啤、喝"洛阳宫"。没有熟练和缓冲的过程,她直接就能和一帮小伙子杠上了,酒量大,真的是天生的。

她喜欢他健壮的身板,略略自卑的神态,憨厚的笑容,喜欢他推着半旧的自行车陪着她走在回家的路上,一言一发地听她说这说哪。许多年以后,她明白他不一定真在听也不一定听懂了她的心声,但是,这一点都不耽误她将他当作知音,只要她愿意说给他听,一切就那样暖心醉人,如酒,醇厚的康百万酒。涧西旧年的巷子很窄很长,两边宿舍楼将路挤成狭谷一般。做工一天的人们,都休息了,很静,路灯昏暗。多处路灯都坏了,一段一段窄长的黑暗,为他们提供可能与方便。喝醉后,她攫取自己渴望的一切,她都得到了。

"他是结过婚的人,他有老婆,他老婆知道这件事,骂到你单位去,你丢不丢人?"病床上的老父亲厉声呵斥她。

"他结没结婚关我什么事,她知不知道又有什么关系。她可以到我单位去,好言相待,便相安无事,骂我,她凭什么?!"她张着好看的眼睛,满脸无辜。

父亲用手指着她,半天说不出话,眼一翻,昏了过去。哥上来给了她一耳光:"滚,竟然和一个保安鬼混,再也别回来。"

她真住到单位宿舍,后来又自己买了房子。他却一次也没有到她住处去,带着老婆回大山里的老家收购木耳、香菇,往市里返运,离开了单位,也离开了她。对他来说,患难与共的老婆是水,而她是酒,酒可以戒,水却离不了。

谭姑娘并没有为失去他伤心太久,因为父亲在他离开的第二天就病故了。怀念父亲时,她就打开一瓶康百万酒,忆起父爱种种,哭得稀里哗啦。

时光如水,一转眼,她已过了三十岁,错过宜婚宜嫁的年龄。她与众不同的气质与美貌让人一见倾心,往深里交往,又让人知难而退。毕竟,怀着"普通心"的男人居多,她的豪爽与炽烈让人望而却步。

她结婚了,那一年,她四十岁,他来自山东,高大英俊,家世很好,年龄也相当。他们在酒局上相识,她用酒杯照着他,逼他喝酒。他不喝,无论她用什么话刺激他,他都不喝。他说:"肠炎,吃了抗生素,不能喝,康百万酒也不行。"他捉了她的手,将杯推开,刚好到她嘴边,她便替他饮了这杯酒。她第一次替人喝酒。第六感启动很准:这是个对的人。她终于把自己嫁了,随着他到了山

东,开了一家酒行。

自此,洛阳只剩下康百万酒,还有"探照灯"的诨号,人们怀念着她的酒量和美貌。

有熟识者从山东回来,说"探照灯"竟然不喝酒了,滴酒不沾。饭局上,她小鸟依人地挂在老公手臂上,温柔、贤淑。

酒局上的人没听清,接话:"什么?婚后——满足——"

大家哄然而笑,又沉默,喝着不上头的康百万,竟然翻倒好几个。

茶女苏槿

导读:那晚的茶道表演,苏槿失手了,把茶汤从闻香杯翻转入品茶杯时,茶杯脱手,溅出的热茶烫了手。晚饭聚餐,那道鸽汤上来,鸽子的眼睛还是那样半睁着,她突然捂着嘴离席,在卫生间里干呕了半天。

下午四点钟的阳光照在西泰山景区游客服务中心大楼东面的炎黄群雕上,夏日的太阳脚步快,大楼的影子也很快追了过去,投在群雕上。

苏槿在二楼落地大窗里站着梳理长发,旗袍裹着她窈窕的腰肢。"噗"的一声,一块乌黑的东西重重撞在玻璃窗上端,掉了下去。玻璃完好,苏槿吓了一跳,嘴里的簪子叮当一声落在妆台上。她开了窗户往下看,分辨出那是一只灰鸽,忙跑下楼去。

灰鸽脖子后仰,两眼半闭,嘴角有一丝血迹,僵硬地躺在地上。这是一只羽翼初丰的雏儿,还有几只在楼顶飞檐上停着,观望着遇难的同伴。

苏槿毫不掩饰自己的痛惜和受到的惊吓,不断喃喃:"怎么回事?!"她把眼睛向垂手站在一边的桂叔瞟了一下。桂叔见苏槿望向自己的眼神里有疑问,还有不屑,他眼里的得意一下子僵住,被太阳晒得黑黑的瘦脸,更黑了。

苏槿就疑惑这事与桂叔有关。

她看到鸽子半闭的眼睛,露着一痕灰白色,那是失去生命没有血液流动的肉体泛出的颜色,令人恶心恐惧。她想起杜鹃湖里挂在"挂子"上的死鱼,大概死有一个星期了,翻着白肚皮,也是这种灰白的死亡之色。死鱼的五脏六腑在仲夏的池塘里发腐,把多日没进食,饿得瘪瘪的肚子胀得圆鼓鼓的。"挂子"是一种网眼很稀的拦河网,网眼四周布满倒刺。鱼挂在上面,进退不得,又无法觅食,活活饿死。据说,桂叔在林子里还下有捕鸟和小飞鼠的挂子呢。

那晚的茶道表演,苏槿失手了,把茶汤从闻香杯翻转入品茶杯时,茶杯脱手,溅出的热茶烫了手。晚饭聚餐,那道鸽汤上来,鸽子的眼睛还是那样半睁着,她突然捂着嘴离席,在卫生间里干呕了半天。

桌子另一边的桂叔隔着好几个人,将一块鱼脖子后面的肉夹起,探身放到苏槿盘子里,苏槿"呀"地叫了一声,皱起眉头。她极厌恶别人用过的筷子给自己夹食物。她忍无可忍起身离座而去。桂叔举着筷子,呆了半天。

桂叔来自中国北方的大山,退休后,到山青水暖的景区养老,他的工作就是穿着汉服,修修树、整整花,做做他认为可以做的事,做"人物景观"。他有足够的时间闲聊,也非常想向人炫耀

自己年轻时在无边无际的北方林场狩猎的"丰功伟绩"。

苏槿没有时间，每天中餐和晚餐前，在大餐厅为旅游团表演茶道。如果下午和晚上有客人单点了她去表演，她另收费用。在没人点茶的时间，她就敷上面膜、手膜，斜靠在沙发里闭眼听音乐。

苏槿对每一个人都彬彬有礼，又都不深交。桂叔和她搭讪，想吹嘘一番自己的"成就"，几次了，她都浅笑着岔开话题，匆匆离开。也许，苏槿就是这样的性格吧。桂叔想。

但桂叔发现有一次苏槿晨练中间休息，站在一丛月季前，人花相映，总经理阿朋走过来，两个人聊得投机，她发出少有的开怀大笑。无论脚步多匆忙，遇到景区收留的流浪狗，她都要停下来，逗他们玩会儿，还常惦着给他们带食物。这与苏槿看桂叔时淡淡的眼神形成鲜明的对比。

桂叔男人的自尊被狠狠撞了一下腰，做什么事都恍恍惚惚的。坐在绿化带的沿儿上，他竟然睡着了，恍恍惚惚见到苏槿向他走来，脸上带着灿烂的笑。他迎上去，苏槿却越过他一直走。他转回身，看到阿朋站在那里，苏槿径直走过去……桂叔一阵心悸猛地醒来，阳光刺得他睁不开眼睛。

慢慢地，桂叔以为那天的梦就是真的，确确实实是真的。他便逢人就说，上了瘾。

敏感的苏槿发现人们眼光的异样和阿朋刻意的回避，困惑又张皇，有一种撞在桂叔的挂子上的感觉。

入秋，苏槿悄然离开，到B景区去了，依然表演茶道。清晨或午后，窗外成群的喜鹊互相追逐，争抢地盘和小虫。一天午后，一只喜鹊"啪"的一声撞在苏槿窗外的飞檐上，掉到地面，口吐鲜血僵硬了，半闭的眼睛露出的一丝死灰色，与西泰山景区那只鸽子死法一样。苏槿便想起桂叔。

她向来自西泰山景区的人打听桂叔,人们竟然说没见过这样一个人。

苏槿想象桂叔真的老了,老得坐在花池边上,就睡着了。他不再去下挂、起挂,挂子上的鱼腐烂了,化掉了,挂子也破成了丝絮。苏槿心中揪紧,郁郁不欢。

第二年入秋,苏槿收到一个寄自东北的包裹,惊惊疑疑地打开来,是几须东北老山参,还有一小包野生木耳。最下边是一纸书信,字写得还挺不错,署名李桂。

李桂是桂叔的名字,还有一个电话号码。他说回东北大森林了,在那里,他可以自由自在地捡拾蘑菇木耳,可以采集到只有他才找得到的山参,野鸽子和野鲫鱼多得往网上撞,等了他很多年的美姑还在等着他……

戴迪的珠宝

导读:一辆货车就斜刺里撞上来,压瘪了宝马。戴迪当场香消玉殒,老公残了一条腿。三个月后,老公坐在戴迪常坐的躺椅上,一件一件翻看她的珠宝,他琢磨这些假货到底有什么吸引戴迪之处……

戴迪这几年,喜欢上旅游,随着飞机起降,投入一个又一个陌生,然后,带着一包包具有旅游地特色的"珠宝"回到洛阳。

此刻,戴迪脖子上挂的是一串西藏天珠,手腕上是一串景德

镇青花瓷珠手链，手指上一颗鸽蛋大的绿油油的东陵玉戒面的戒指闪着低调的奢华。戴迪喜欢大气的宝贝，因为她长得人高马大，性格大大咧咧，花钱也是大手大脚。

她喜欢珠宝，刚刚兴起钻戒、玉石的时候，她就给自己买了，因此欠下一笔债务，一直不敢告诉老公。为了赚钱，她决定下海。在繁华地段租下一间门面，开起服装店，用自己的名字命名它。

戴迪服装店在牡丹广场，走的是高档名牌线，搞活动时，打完折，每件也下不了八百。这种高档服装不走量，要的是"半月不开张，开张吃俩月"的效果。所以戴迪不忙，时常兴之所至，向看店的小姑娘打个招呼，就踅到隔壁的茶社和老板娘喝茶聊天。

戴迪喜欢忙碌一天后洗个澡，穿着睡衣，干干净净的。用了玫琳凯的护理品，吃了安利的保养药，然后搬出首饰盒，一件一件地把她淘来的珠宝拿出来赏玩。一小盒的和田玉原石是在新疆买的，还有那两块拳头大的昆仑玉原石。当时，导游说和田玉已采尽了，物以稀为贵，所以不断增值，现在都翻了几十倍。昆仑玉品质跟和田玉一模一样，却因为初开发而价廉，升值空间更大！戴迪就用半年的收入，买了这些对眼缘的玉石。

那一盒里是海南旅游买的水晶、青岛旅游买珍珠……的每一次旅行回来，她都不是说买的山寨货，玩玩；就是说打折促销，一折，还买一送一。

去年底，她终于入不敷出，两万块钱信用卡欠费已是一拖再拖。她不敢告诉老公，于是，群发短信给三个平时来往甚密的男人。一个一直没有回音，一个说正在国外，半月后才回去。只有那个也是做生意的朋友回信说正在忙，到哪里给她钱？冬天六点钟时，天已经黑透了，下着小雪，那朋友的奔驰停在她店前，她接过钱，把欠条递过去，朋友接过欠条撕得粉碎，说："你若紧张，就一

直用着,宽余了,就还我得了。"

戴迪当时就泪水哗哗的,感动这世上有一个比丈夫更亲近的男人,不敢跟丈夫说的事,可以跟他说,他毫无条件地帮助她,出手的可是真金白银呀。

戴迪这次云南旅游的最后一晚,在金凯广场点了"黑山羊"涮锅,喝着56度的"地道云南",配的两道素菜名字特别致:"水性杨花""相思菜"。陪她一起小酌的是同一个团的三女一男,大家聊得开心,不觉就喝多了,戴迪说:"马导很喜欢我,我能看出来,他说话的时候,总看我。"

"呵呵,昨天的精油和螺旋藻片你是大买家,今天上万块的翡翠和黄龙玉你买了一块又一块,他在你身上能拿到几千块的提成……"

"马导是个少数民族汉子,我喜欢这种男人,愿意让他提成。"说着拿出手机拨打,马导已关机了。

第二天在候机在厅里,戴迪打电话让老公开宝马接机。回过头叮嘱旅友:"千万别告诉我老公这些珠宝的价钱,来的时候,他就交代只游玩,别乱买,这会儿买了一堆珠宝什物,他一定吵我乱花钱。还是朋友好,你可以跟他说实话,他会帮助你。"

做电子商务的戴迪老公开宝马接走她。没想到,一拐上岔道,一辆货车就斜刺里撞上来,压瘪了宝马。戴迪当场香消玉殒,老公残了一条腿。三个月后,老公坐在戴迪常坐的躺椅上,一件一件翻看她的珠宝,他琢磨这些假货到底有什么吸引戴迪之处。

戴迪的第一笔货款催欠单到了。接着是一笔一笔,接踵而来,老公才知道戴迪这些年为这些爱物花了多少代价。他找了一个珠宝行家来鉴定这些东西,行家说,戴迪买的全是"绩优股",若干年后定增值。若急于出手,只能降价,打折出让,他帮找买

家。

老公挥手拒绝,他盘出服装店,加上车祸赔款还了戴迪的大部分债务,然后申请了一个珠宝网店,电子业务他是内行。拜戴迪所赐,很快,老公成了珠宝界的行家!

叶牡丹

导读:一个从小热爱文学艺术的乡村姑娘十多岁到洛阳打工,结婚生子又离婚,一步一步努力地向理想靠近,但是好事多磨……

叶牡丹踩着高跟鞋的脚从出租车里伸出,一落到地上,便飞快地向酒店大门跑,似乎肩头的一大卷画和她精瘦的身板都可以抛下不管,只要赶上刚刚到宾馆里的这拨客人。

她把歪靠在案旁的 X 展架扶起,上面说叶牡丹是牡丹城著名画家,某美术学院毕业生,某画院签约画家。她的照片极美,特别是一双大眼睛。有几个游客过来看了看,但是都没买。

大厅渐渐寂寥下来。叶牡丹打了两个电话,七岁的女儿把作业摊了一案板,却钻到案板下不知在捣鼓一件什么玩艺儿。

叶牡丹不会在画上落款,她没有练过书法。画呢,倒是跟着美术培训班练过两个月,会涂抹几笔写意牡丹,每日辛劳,画画的时间很少。她那一大卷儿画都是从老城书画街"进"来的,是那种大批量流水作业的工笔画,一张张都是同一个底稿,只是涂色稍有变化。

向强一瘸一拐地走过来,躬了身子动笔题款。叶牡丹一叫向强,他便骑着自行车急急赶到,一站一个多小时,精心帮她写字。他在一家小区的过道里摆个书画案板,过堂风一年四季吹,哪有几项生意。单身有残疾的男人,自己糊口都不易,只能一直"单"着。叶牡丹给了他一丝朦朦胧胧的希望。他觉得难得一个女人,带着一个女孩,满可以找个有钱人过舒服日子,却倔强地自己谋生,执着地爱着书画。

　　叶牡丹叫的另一个人是个头发花白的老头儿,退休记者。自从那一年,叶牡丹在王城公园帮人卖牡丹画,遇上这个采风的记者,他们就在一起了。老记者的妻子已经过世几年了,他们却总走不到一起。

　　最初那一年多,叶牡丹很动了一些心思。老记者有工资保障,为她策划,让她从一名卖画的助理,成了一名拿着证书,被报刊宣传过的"画家"。感激自不必说,敬慕也是真的。

　　女儿却极讨厌老记者,厌恶他掉了一颗牙的嘴,一说话老有唾沫飞溅,常常为不肯和他吃同一盘菜歇斯底里。叶牡丹没少因此和女儿怄气。老记者年龄大了,有一些老年人的毛病,更让叶牡丹生出一些怜惜。有时,老记者打电话过来,说要到家中吃饭,她无论多忙,都抽出身来赶回家为他做上可口的饭菜。这两年,两个人相依为命之情越来越浓。

　　老记者也不敢和做官员的女儿讲,更不好带叶牡丹到自己的圈子里去。一些老面子,他还是讲究的。退休的这些年,他写些书法,放叶牡丹那儿卖,也卖出去过一些,倒让他更依赖她。

　　向强写完字,夜色已浓重如墨。叶牡丹让女儿一起去吃饭,突然想起她还没写作业,就大声吆喝起来,女儿回嘴:"我不好,你好?!"

叶牡丹踩着高跟鞋的脚跺了几跺,老记者赶忙去拦,女儿反骂他流氓。叶牡丹羞恼得无地自容,扑上去,要打女儿。差点把向强带倒了。一帮客人从电梯出来,她才止住闹剧。

女儿早拎着书包跑了。

三个人的饭吃得没滋没味。叶牡丹将眼睛盯着还有一大半的牛肉说:"小时候,母亲只知道走乡窜寨,不好好给我们做饭,因为营养跟不上,我的脚上三四个趾甲缺失。上到初中,我喜欢写诗,写了一首装在口袋里,锄地间歇,拿出来念给弟妹们听,父亲在一边挖苦,说我一个刨土出身的要是能吃上文化饭,他头朝下走路。我出来打工,什么都干过,终于,我成了画家,吃文化饭了。"

对面的两个男人,都同情地点头。

她还想说上次母亲来看望她,帮她收拾屋子,东西全放得她找都找不着。还没事跟同院的人闲聊,嘱托人家给自己张罗对象,说最发愁的事就是她的终身大事。

她望了望眼前的两个男人,收住话头。

"所以我一定要给女儿加强营养,送她上美术特长班。"

叶牡丹将牛肉打了包,拎在手上,另一只手掏出手机,打了几通,都无人接听。

"遭了。"她说,"孩子没带家门钥匙,作业又没写,特长班她去了没——天啊,这期的收费忘交了,拖了这么久。难道她这段儿都没去?"

叶牡丹匆匆地跑往马路对面赶公交车,又折返回来将一个红包塞进向强的上衣口袋,不容他有一丝推辞的余地,她知道向强生意不好,总不让他白为自己写字。

从她衣兜带出来一张纸片,纸片是从报纸上剪下来的,上面印着一则向社会征集"最美母亲"的启事。她打电话叫老记者来,就是想让他帮着写写自己如何一心为女儿的——她为了女儿不受奶奶歧视,婚都离了。

公交车来了,她只好上车,任"启事"在夜风里打了个旋儿,贴着地面越滑越远。

第二辑 雨霖铃

这一辑的每一篇都有一个令人难忘的女子,有一段没有正果的爱情,无论是《紫藤之恋》《白露之恋》《燕归来》,还是《放在心底》《玫瑰色的记忆》,女子个个不同,爱情也形形色色……

雨霖铃

导读：李曼把那袭白裙抖开，棉加韩国丝的料子又柔又垂，又不起皱。从左肩起斜到右脚踝一串同色同料的布艺玫瑰，雅致极了。但李曼却几乎没机会穿着它给别人看，从买回家的时候起，两次了，她抖开这条裙子，准备第二天穿时，第二天就下起雨来。

李曼把那袭白裙抖开，棉加南韩丝的料子又柔又垂，又不起皱。从左肩起斜到右脚踝一串同色同料的布艺玫瑰，雅致极了。但李曼却几乎没机会穿着它给别人看，从买回家的时候起，两次了，她抖开这条裙子，准备第二天穿时，第二天就下起雨来。

这次，她把这条裙子放进旅行箱，准备带着它参加笔会，第二天，果然下起小雨，一下就没完，半夜加半天的行程，一直是水淋淋的。这会儿在宾馆吃过晚饭，骤雨初歇。她独自对着镜子，穿上白裙，把长发理顺，镜子里的她冲着自己满意地微笑。同屋的女孩子是本市的，吃过晚饭就出门去了。其他已报到的文友，李曼尽管都读过他们的作品，有几个也有网络交流，却不能算熟人，更谈不上是朋友。

李曼走出房间，站到走廊尽头的窗口，昏黄的路灯光从外面照进来，给她画了一道剪影。据说逆光看美人最美。海子就是在这最美的时刻，走出电梯，偶然一抬头，看见了李曼。他有些目眩的感觉。李曼回过头来，准确地叫出了他的名字："海子。"

"你,你……认识我?"海子很意外。

"你是大名鼎鼎的'美女'作家呀。你的笔已经塑造了一百八十位个个不同、形象生动的女人,"李曼大方地笑了,笑得风情万种。

海子预测这是个可以给自己一个浪漫之夜的女子,他不假思索地说:"请你跟我一起去赴夜宴吧?"

"在哪儿?"

"跟我走就行了。"

海子带着李曼出了宾馆,坐出租车向城市的对角线奔去。天刚刚热,中原商城的烧烤大排档生意就兴隆起来,人们坐在烟熏火燎中,一扎一扎灌着啤酒。

夜宴的主家是一间妇女杂志的编辑,两男两女。那个仪态大方,戴副眼镜的女孩青青是主任。编发过海子不少文章。海子给李曼介绍说青青是他的老乡。那个年龄稍小瘦弱而声音很高的女编'白猫'撇着嘴说:"你千万别信他的,他说的老乡,就是同住地球村那个老乡,逮谁跟谁套瓷。"

受了两个年轻活泼编辑的感染,李曼也调侃海子:"这样呀,咱们也是老乡了。"人们都调侃他们他乡遇同乡,得蹾一大杯。李曼便大大方方地与海子蹾了酒,一仰脖一饮而尽,李曼喝酒总是后发制人,一开始,羞答答推三推四不肯喝,等到座中人都有了朦胧醉意,言语顺意起来,她似乎一下子被某句话点燃,由半推半就,到大开大合。这样,座中人十有八九醉了,她还能保留最后一点点清醒。

今晚也是。夜往深里走,人往醉里行。女编辑主任青青话特别多,指着海子说:"今晚有美女相伴,就矜持起来了。忘了那次五省笔会,你带着三位美女上了荒岛,岛离边境线很近,巡逻的

发现你们,呼啦一下围上去,喝问:'什么人?'美女都吓坏了,海子无奈地站起来说:'是我。'"

旁边的男编辑也叹息说那是多么快乐的笔会,当时杂志社都很红火,经济效益好,办起笔会来也大方。这才几年时间,竟然没落到办不起笔会来。

海子望了眼李曼,腼腆地笑着。显示着他的善良,还有一份弱势。李曼感受得到他的底气不足,心中不免发些恻隐:文学不景气,稿费很低,像他这种职业撰稿人,写得很不错,一个月的收入也不过三两千,家中的收入全靠开韩货小超市的老婆。善良、腼腆可以是他的本性,但底气不足,就是多年来他在家中的经济地位,以及在外的社会地位映射的。

此刻,海子畅销作家的光环一下子失去了。他站起来,摇摇晃晃到不远处的公厕去,绕过一大摊水时,他竟然脚下不听使唤,着实地摔了下去。李曼想站起来扶他,又怕那几个编辑误会她与海子的关系,狠心看着男编辑站起来扶起他。

天上零星下起豆大的雨点来。

李曼看海子坐回来后,站起来去厕所。当她出来时,看到海子站在厕所门外,惊叫了一声:"你做什么?"边说边迅速绕开他坐回到摊上。众人哄笑说海子当了护花使者。海子也只是醉意朦胧地笑。

李曼发现事情严重起来。海子可能误会了自己,或者自己真的不该单独和他出来喝酒,给他遐想,给别人误会。

雨点开始密集,打在摊主刚搭起的棚上哗哗的声音很大。

李曼站起来,坚定地说:"谢谢各位盛情款待。海子,该回了,再晚的话,影响明天的笔会。"

他们上了出租车,海子在副驾座,李曼一个人坐在后面。海子唱了一首李曼家乡的歌,李曼说:"为了谢谢你今晚的酒,我也唱一首你家乡的歌。"

一轮一首地唱着,笔会下榻地就到了。海子不让停车,他说:"我们找个唱歌的地方吧。"

李曼坚定地说:"停下吧,你喝醉了。"李曼把车费付给司机,海子追上来,问清钱数,又把钱如数给了李曼。李曼径直地向住处走去,到了房间,打开门,对海子说:"回去好好休息吧,晚安。"然后关上了门。

她看到海子的脸在门缝中闪过,喃喃地说:"你看不起人。"

李曼躺到床上时,窗外雨声很大,带着酒意,竟一夜酣睡无梦。

紫藤之恋

导读:两个倾心相恋的人,以历以磨难,互认一生只爱对方一个,却不能成为眷属,分别成了别人的爱人,在她垂危之际,约他见最后一面……

子乔走进病房,望着床上瘦弱的女人轻唤:"紫藤。"心中难舍,一阵酸楚涌上来。女人睁眼看看他,又合上,喃喃地说:"我要走了。最后跟你别一别,这一生,我只爱过你一个人。我只有一个女儿,她的名字就叫憨憨。"

子乔眼前升起一团紫雾,渐渐变成西北某高校内的紫藤园。

他们第一次约会就在月下的紫藤园,他便拉了她的手,为她即兴写诗,说了许多疯话。她嗔道:"憨憨!"他说:"我回你一个爱称吧,紫藤。"

毕业后,他们来到洛阳,子乔在一个国营大企业宣传部工作,他的诗歌写得激情澎湃,深受青年工人们的热爱。英进了文化馆,她的小提琴是母亲开蒙亲授的,演奏水平已炉火纯青。那是二十世纪七十年代,他们相爱着,努力工作着,没有想过早日成为眷属。

在子乔的工厂,有一个少数民族女子,性格豪放、美丽性感,让男人们思慕又望而却步。女子在一场小事故中脚部受伤,子乔和工友们轮流背着将她送到附近医院。一个"工农兵"医生,见她即使伤痛难忍,依然美得不可方物,竟然在查验伤口时动起手脚。子乔听到女子惨叫呼救,冲进医护室,正看到不堪入目的场面,拿起手术刀刺了过去。

"医生"经抢救活了过来。子乔被判服刑两年。

从他被捕的那天起,英每个周末的黄昏就到北窑监狱的高墙外,拉小提琴,她相信子乔在高墙内能听到,就如两人又在紫藤下约会了一般。

子乔白天进行超强体力劳动,晚上摸黑写诗,写给最心爱的人,出狱后,集结成一册《紫藤之恋》。

两年后,他刑满释放,人生的履历上多了一块不和谐的印迹。英带着子乔到洛阳监狱外,看两年间,柳已成荫,树下,她站着拉琴的地方,形成两个脚窝。

英的母亲私下约见子乔,她说:"英的两个哥哥,一个是公安,一个是空军飞行员,如果英和你结婚,他们会受牵连,都要退出转业。你若真爱她,就离开她吧。"

一股男子汉的热血涌上来,子乔郑重地点点头。

英的母亲假说自己有病,让女儿请假回北京陪护。与此同时,子乔在厂里贴出一个告示:"谁愿意一生与我携手,请在三日内联系我,过期不候。子乔"

一个相貌平平的普通女工,以巨大的勇气揭了榜。他们闪电结婚。一天上午,子乔正在写稿子,传达室转来电话说有人找他。英在厂门口站着,一见到子乔便兴奋地大叫:"我妈同意咱们的婚事了。"

子乔苦笑了一下:"别慌,别慌。走。"他带着英从工厂向家走去,一直到把英带到家中,休假的妻迎了出来。子乔给二人做了介绍。英吃惊地瞪大眼睛,说不出话来。妻端出结婚时的喜糖,还有当时极珍贵的麦乳精,一言不发地悄悄退出,轻轻带上门。

"我结婚了。她很贤惠,而且她怀孕半年了,不可能分开了。"

"为什么?为什么不等我?!"

"我……"子乔无语,二人默默相对。

终于,英站起来,拉开门,对守在门外的妻说:"嫂子,请允许子乔送送我。"

妻友善地点点头。

又是一路无语。二人走到洛河边,这里曾有二人美好的回忆。子乔终于说:"很爱你,但很无奈。"

英咬住下唇,良久,扔下一句:"下午两点半到我办公室一趟。"一转身便离开了。

下午两点半,子乔准时来到英的办公室,英将门窗都紧紧关闭,然后,扑入子乔怀抱,大哭起来。这场撕心裂肺的痛哭一直持续到四点半。两个小时,英的泪哭干了,嗓子哭哑了。她理了理头发,拉开门,一伸手:"请。"

子乔走出去，两个人从此二十年没有再见面。一直到她垂危的今天，约他见最后的一面，告诉他，她心里只爱过他一个人。

——这是一次笔会上，子乔老师喝了几杯酒，给围着的文学青年讲自己的恋爱故事，文学青年们感动得掉泪。

有人问："这对嫂子多么不公平。"

"虽然不爱，但我尊重她，关怀她。她得到了自己所爱的人，她说，此生无悔。"

顿了一顿，子乔接着说："也有人一直爱着她。她小时在农村订过娃娃亲，长大后几番磨折才退婚成功。那个人始终不肯另娶，一生独身。"

白露之恋

导读：五年前的白露时节，他给了她一个浪漫的相会。五年来，年年白露，他们都要相聚以示纪念。但是这一年白露前一天的清晨，他突然发病身亡，除了一个电话号码，什么也没有留给她……

今天清晨，霏打开手机，便被"白露"刷屏，凉风入窗，她鼻子发酸，心中隐隐作痛。

五年前的白露时节，下班后，霏霏坐在单身公寓阳台的小凳上读一本新到的刊物，一壶茶慢慢品着，不觉间夜幕四合，昏黄的壁灯变得明亮起来。

民的短信来了，他极少主动发短信给她，今天是个特例。他说自己在二百公里外的一个景区,今天,上了一个新项目,依然由他负责。这个景区是她的家乡,也是他的管辖范围,他从十年前任现职起,景区的开发就在他的管辖范围,山上的每一块石头都滴上过他的汗水。却因为二线年龄到了,退到辅助的位置,将主管位置给了一个对景区一无所知又没有兴趣的外来的新领导。

霏霏是他这段时期的心灵安慰。她充满活力,浪漫而富有才情,易于接受新事物,这两年辞了公职,单枪匹马奔走于几个城市的报刊社和文化公司。这和半生谨慎、虑事周全的民正好互补。

他们的第一次约会在迪欧咖啡。经过半年有余的短信交流后两个人终于面对面坐到一起。她为自己点了一杯咖啡,而他则只要了一杯柠檬水,免费的那种。隔着卡座,面对面,慢慢啜饮,然后抬眼欣赏对方。

尽管他比她大了整整一轮,可她从来没有年龄的隔阂。她很敬畏他,这份敬畏除了职务、外貌、气质,还缘于出身偏远贫困乡村的他努力向上的励志故事。那个年代,为了生计,人们都放弃出门读书的机会,他却不计较什么,一次次爽快地收拾简单的行李就出门报到了,于是第一次学习回来,转了正式老师,第二次学习回来,做了行政单位的会计,第三次学习回来,他被提拔副科,进入领导行列,终于引起人们的惊叹。在惊叹声里,他又下乡成了地方官,接着进城成了副县长,进市做一个部门的主管……一次次进步,直到现在的职务,一个没有后台,没有物质基础的寒门学子,通过努力一步步实现自己的理想。

因为敬服,她什么话都愿意和他说,甚至一个偶得的灵感也要编个短信,发给他,她的学识和思想高出他许多,但他的长处是善于倾听,而且每次都给予鼓励和回应。他总是说自己给不了她什么,名誉、权利、金钱,都没有,他还有贫寒时的结发妻子,他不能让她受到一丝伤害,也不能危害她的家庭。为了这个底线,只能委屈霏霏。有民在心底的日子里,霏霏充实而快乐,她还有什么可计较的呢。

……

霏霏回短信过去祝贺,两人一来一回地聊起来。不觉已是夜半。民说想见她,因为今天特别高兴,像他这样的人最怕的是没有事做,精神便没有着落。她便收起书,一边洗漱,一边叫出租车,接着给民发了一个短信说要给他一个惊喜。二百公里的夜路,有一半在山区省道,需要三个小时。车行一半时,霏霏才发短信说自己正赶往景区。民马上打过来电话,担心她的安全又想马上见到她,少有的优柔寡断。两小时后,山林更深,起雾了,雾越来越浓,车缓慢得像蜗牛爬行。民几乎是每隔五分钟打过来一次电话,既担心男司机不轨,又担心大雾路险,车行太快出车祸。这一个小时的路偏偏又走了两个小时。当车进到景区入口,一湾碧水的拱桥上,站着一个白衬衣的男子,不远处岗亭昏黄的灯光照过去,霏一眼就认出是民,他在雾浓露凉中站了四个小时等她。他的呼吸有微微的酒味,手背是凉的,手心炽热。

这是他们交往多年,民第一次这么炽烈而浪漫,因此让霏刻骨铭心,之后每年的白露,他们都会找机会见面。

但是去年白露前一天,她在车站准备赶回家乡。闺蜜的电话打进来,告诉她:"民去世了。""谁?!你说谁?!""民,心梗。抢救无效,凌晨两点去了。"

凌晨两点,她曾从梦里突然惊醒,打开手机看过,什么消息也没有,便放下了。这几天,她一直忙一件业务,又因他说前一段

儿腿闪了筋,刚见好,没有顾上与他约定白露之日见面。她想等第二天在车上告诉他自己回去的消息。但此刻,霏拿着手机,将那个轻易不敢拨的号码拨了又拨,都是无法接通。

她才发现,除了他本人,与他有联系的只有这个号码,一旦不通,便成天人永隔!

丁香洁

导读:为了谋生而远离家庭的两个优秀的男女,互相倾慕。两个人的信室楼上楼下,隔着一层楼板……

羽是一位作家,宇是一家公司的总经理。他们在同一座公寓楼住了近一年,却互不相识。

每天,羽八点起床,匆忙收拾了,到她的文化公司去替别人编书;而宇,早在七点钟就起床沿着他的地盘巡视一圈。晚上,羽会在公司上网到很晚,写她的文章,也会浏览网页,收发邮件,一般在十一点半刚过,就返回住处;而宇,安排协调完公司一件件事情,还要和员工谈话,和外界联络,每天很少在零点前回公寓。碰到的概率在百分之五以下。

羽第一次见宇是一个初秋的晚上,城市边缘的人工风景河边有一家卤肉店,味道很正。当街一只大酒坛,上书"女儿红"。

那是一帮文化人聚会,他们隔着桌子,碰响"女儿红"便认识了。她接了他的名片,把自己的书送给他。

半个月后,她在城市的另一个边缘见过一位客户,独自沿着人行道往前走。一辆黑色大奔缓缓停在她的旁边,车窗摇下,宇满脸含笑向她挥手打招呼。羽惊喜地叫道:"哇,是你,宇总。"

他们在离公寓不远的迪欧咖啡相对而坐。

他说自己生在一座美丽的海城,大学毕业后进了行政单位做了公务员。每天一杯茶,一张报纸,月底领一份微薄的工资。

他便下了决心,辞了工作,从商了……这中间,他经过了多少努力,又有多少感情经历,不是一时半会能说完的,他只是说,走出来了,很幸运。他对自己的今天很满意,也很低调,走过的地方太多,见过的天地也大,他能客观地看待自己。

他的这种低调,便于拉近与人的距离。羽也觉得和他一下子就走近了。闲聊中,她说出自己的住址,他非常高兴,原来他们住在同一座楼。

他还是很忙,总是忙到很晚才吃饭,也就是吃饭的时候,才有空叫她见见面。他真的很想见她,她让人有一种倾诉的欲望。迪欧单间的气氛很适合倾诉,在若有似无的背景音乐里,他们交流着,不知不觉中,竟然习惯了一起边吃晚饭,边交流生活中的一切。

他不忙的时候,会陪她看电影,然后开车载她回公寓,一起上电梯,她先下,回过头挥手看他在电梯门里消失。

深秋的一天晚上,他请她帮自己写一篇文章,然后贴到指定的网站。第二天,正好她的公司网络故障。他让她到自己房间上网,她太惊讶了,原来,他住在自己的上边,床的位置相同,每天晚上,他们就那样一个在上,一个在下地睡觉。

他的居室干净温馨,配有闭路电视、WIFI等。小茶台上放着他的护照和一叠硬币。她把笔记本电脑放在茶台上打文章、上网。忙碌了一上午。她觉得在他的居室里,有一种属于他的温热包围着自己。

接下来几天,他很忙,她也很忙。晚上睡觉前,她总是觉得好笑,原来,他每晚就在她的上边睡。

又在迪欧面对面边吃边谈时,他说,看了她的那本书。

羽那本书名叫《丁香千千结》,首篇散文叫作《丁香结》。那篇散文以她大学以及毕业后的 N 次恋爱为素材:

第一次,那个大三男生学韩语,在丁香花开的时节,她对他的爱也到了白炽化的程度。他却突然告诉她已厌倦毕业后那种小职员的生活,他要离开学院,到深圳打拼一番。她挽留不住,协助他逃跑,最后,他在东莞被找回,退学。她也被处分。分离,让两个人分手之后,再无音讯。

工作后,她遇到一位会跳现代舞的工人,她送他的用分币做芯的丁香结,被他拆散,分币买了馒头。

他说起那篇文章,她才知道,他茶台上的护照与硬币,是他用心的设计。

那是个飘雪的晚上,他又赶了一个应酬,回来已是零点以后。他发短信给她:"喝高了。"

她发:"喝点姜汤吧。"

他发:"送上来。"

她便沏了姜汤,用保温杯盛了,披上外套出了门。

在他的门口,她犹豫了……

终于,她把姜汤放到门旁,揉着攥酸的手,轻轻地返回电梯,等到了自己的房间,才发短信过去。等他回道:"好。"

她才松了一口气,倦意也上来了。倒在床上,她难以入眠,他就在上边,一层天花板之隔。

她再一次冲完澡，躺在床上，望着天花板，想象他睡在哪边。终于，她又发："睡了吗？"

他一直没回。她不知什么时候睡着了。当晨光透过窗帘，照在她脸上时，包围过她的那些温热的夜的想法全褪去了。

她庆幸：如果敲门而入，无论哪一种结果，都不是她想要的。一个楼上，一下楼下，隔着天花板的距离，最好！

放在心底

导读：雅妮辞掉杂志社的工作，乘上了飞往杭州的飞机。她知道：孟勇在"第四重天"再也找不到她，会像当年在校园寻找"白蛾"一样，叫着她的名字，默默流泪，然后，把她放到心底！

雅妮为自己泡上一杯绿茶，茶叶在杯中上下浮动，最后，静成一朵绽放的菊花。她嗅着沁人心脾的茶香，眼睛瞟向电脑，百度页面上，在众多有关孟勇的链接里，出现这样一条："《昨日恋情》雨中的白蛾……小孟，孟勇，……"

雅妮惊异地点击，打开，这是一篇在某原创文学网站连载的长篇小说。主人公和她的朋友同名同姓。雅妮读下去，里面那个男大学生，性格、相貌、喜好……完全就是国际律师孟勇年轻时的重现，世界上根本不会有如此相似的两个人。

这是南方国际大都市中林立的摩天楼中的一座，第三十六层，被孟勇戏称为"第四重天"。这一层，有两家公司。右边是雅妮所在的一家女性健康杂志社，左边是孟勇所在的国际律师事务所。每天从家里开车赶来，在地下停车场泊好车，他们几乎同时走进电梯，同时伸手按向36号按钮。就是在某次手指按在一起时，他们搭话了，相识了，成了好朋友。

他们常一起吃午餐，挑一个僻静的两人座，慢慢地吃，然后，孟勇告诉她自己的一切。雅妮渐渐了解到他在军校学习四年英语，毕业后在部队服役四年，才考上国内最好的法律学院做研究生，获取硕士学位，成为某国际跨国公司的特聘律师。他很挑剔，做什么事，都有着军人的自律、谨严、守时守信。他说，四年的军校生活最让他怀念，又最让他不愿意回忆，像苦行僧一样，让他在学识和为人上学到了很多，又在生活的其他方面错失很多。

……杯中的茶水渐渐不再冒水汽，雅妮忘情地读着"雨中的白蛾"写的校园爱情连载，知道了孟勇学生时代那段没有结局的恋情。故事中有一段描写孟勇和"我"相约星期天到学院后面偏僻的小林子里游玩，恰遇春雨绵绵。"我"穿着一件藕荷色薄棉衣，打着一把白色的有淡绿色花边的雨伞，长发飘飘的样子，很像奥黛丽·赫本。那时系里有一名省领导的女儿，长得极美，衣饰不俗，是公认的校花。由于"我"和校花长得很像，常被认错。孟勇深情地抚着"我"的长发调侃："人家是金凤蝶，你就是一只雨中的小白蛾儿。"

午餐的时候，雅妮娓娓道出这段故事，孟勇惊讶地张大了双眼，看着雅妮像"白蛾"附体一样，说着他大学恋情的种种细节。雅妮问："当初你们那么相爱，为什么相约毕业那天分手？"

孟勇痛苦地低下头，良久，他说："对生活的迷茫，前途的未知。我那时承担不起对她的责任。但是，我在毕业前夜分别时，最后一句话是'我还想见到你'。可是第二天，我去她宿舍找她，怎

么也找不见她了。那是军校,面临毕业分配,种种事项,忙得不可开交,我根本无法到处去找她。她就那样消失了。"

"如果现在有了白蛾的消息,你会联系她吗?你们会怎么做?"雅妮问。

孟勇摇摇头,他说:"不知道。没想过,我已习惯把她放在心底去思念了。"

雅妮拨通"白蛾"电话时,她正骑着电动车,行进在送儿子上高中的路上。听到雅妮说是孟勇朋友,她迫不及待地问:"他呢?他在哪儿?他好吗?出什么事了吗?"雅妮感受到那份发自心底的惦念,马上说:"他没事,很好,在上海。我看到你的那篇连载用了他的真名,这不好哦。"

"我想,在这个内地小城里写些文学性的东西,不会有人知道是谁的,真的没想到,竟然在二十年后,因文字联系上他了。网络真厉害。"

"你会不会联系他?曾经,你们那么相爱。"

"不!""白蛾"的回答斩钉截铁,没有一丝犹豫,"我知道他过得很好,心愿就了了。"

那些天,孟勇一直在美国总部处理事情,等他回国时,雅妮开车去接他。他带着大包买给妻子的东西。在车上,雅妮问:"'白蛾'找到了,在小城过得还好,写了很多书,网上有她许多照片,确实很美,很年轻,比你那主妇太太强。你找她吗?"

孟勇沉默着,最后说:"不,不能打搅彼此平静的家庭生活。"

孟勇回来不久,就又买了一辆宝马,家里原来那辆成了太太的专用座驾。

雅妮心中无比失落,她深爱的是孟勇作为一个男人所具有的内在与外表,她有钱、有事业,但是,从孟勇对物质的态度,她明白了：自己与孟勇两年多的暧昧，是不会有结果了。这就是代沟吧，她这一代人，是不顾一切追逐个人幸福的一代。而上一代人，他们已进入中年，他们心中顾及的东西太多太多。

雅妮辞掉杂志社的工作，乘上了飞往杭州的飞机。

她知道：孟勇在"第四重天"再也找不到她，会像当年在校园寻找"白蛾"一样，叫着她的名字，默默流泪，然后，把她放到心底！

记得有非非

导读：大学同学聚会，人从来没有到齐过，但强一次也没有参加，似乎有人提过他，也没有深究。这一次是"十年聚"，没来的只有强。聚会的招集者往他的原单位打了无数电话，都无法接通……

大学同学聚会，人从来没有到齐过，但强一次也没有参加，似乎有人提过他，也没有深究。这一次是"十年聚"，没来的只有强。聚会的招集者往他的原单位打了无数电话，都无法接通。

大家把寻找他的任务交给我，因为我是一名记者，联系人多。

聚会回来的当晚，我就给洛阳文友QQ群留言，请他们帮我查找强的下落。

不久警察"步青云"就回话了："强还在洛阳，只不过据他单位的人说他生了病，离婚了，目前在修养。"

我急着问:"什么病?"

"步青云"在电话里含糊其词:"也没什么,慢性的,好好调养就行。你打这个电话就能找到他。"

我和强是大学同班同学,他是班长,我是学习委员。可除了开班委会,跟他没有什么接触。

强是从一个偏僻的小山村考来的,一年四季都穿着军便装,他的个子很高,发白的衣服总显紧。除了夏天,领口都露着那种乡校运动队的红色球衣,一年四季裤腿下总隐隐有秋裤边露出来,显得很老土。但他很有组织能力,尽管他什么也不会,可是他会静静听着各班委谈组织方案,当大家商讨成熟,他便点了头。

我那时疯狂地喜爱文学,整天把头埋在书本里,满脑子都是风花雪月的浪漫和浮躁,哪会把他这样一个淳朴的男生放在眼里。后来才知道,他打见到我起就喜欢我了。

大三那年,国庆节放假三天,离校前夕,班里举行庆祝舞会。作为班委,他请我跳第一支舞。他的舞步生疏笨拙,左旋时,绊了我的脚,我很气恼他降低了我的水平,会给寝室的卧谈会增添笑料。舞曲一结束,我便逃也似的走到一边去了。

假期里,强从家乡的大水库救起一个落水的老人。学校正要上报"青年突击手",这个名额就给了强。一次体育课,他穿着乡体育队的运动服站在我旁边,我很真诚也很好奇地夸赞他:"你真是舍己救人呀。"

他笑了,黑红透亮的瘦脸更红了。快速地把一张纸条塞到我的手中。

天已很冷,学校后墙外是一家机械厂的大熔炉,开炉的火光红红地照亮半边天。

我直接告诉强我不爱他。

强说:"给我一个机会,我一定会让你爱上我。"

我说:"算了,我真的很冷,我得回去了。"说完我自顾自地跑开,让他一个人留在风中发傻。

春节返校前夕,雪一直下得很大。出发时,在路口的电线杆下,强穿着军大衣站着,脖子里围着一条莫名其妙的灰褐色的东西。雪已落满了他的全身。我羞急地说:"你怎么来了?"他说雪大,怕我一个人坐车危险,他提前到校后来接我返校。

春运公交车很拥挤。强凑上来敞开军大衣,用他的双手围着我,这让我感到温暖又难堪。我很怕周围的人误会我和他是一对恋人。

以后几天,他经常来我宿舍找我。有一天,女友阿慧告诉我,大家都在议论我和强到底怎么回事。我终于忍无可忍了,气冲冲地说:"你帮我告诉强,我对他没感觉。要我和他恋爱,除非杀了我。"

我不知阿慧是怎么和他说的,反正后来在各种场合再见到他,他总是一副冷冰冰的面孔,很少在大家面前笑,话也明显少了。

大学最后一个春天,我与我的白马王子闪电恋爱,又闪电结束。快得像武林高手快刀飞过,不见刀影,只有伤痛。

毕业后,我远远地来到现在的城市。强因为是青年突击手,留在了洛阳。

时间真是魔术师,几年后多次在同学会上见到当年的"白马",我竟然没有一点感觉,甚至怀疑当年自己怎么会爱上这个夸夸其谈的人。莫名地就惦念起强。

我到洛阳去看望强,打了"步青云"给的那个电话。对方说是市五院,我惊呆了,那是著名的精神专科医院——强在一次安全事故中为了救人头部受伤,精神不正常了。

强穿着病号服,目光呆滞地站在门后。

他呆呆地问:"你找我有什么事?"

我说:"你记得大学同学还有谁吗?他们聚会找不到你。"

强说:"我记得有非非。"

别人呢?

他摇头:有非非。

我写了许多小说,很少感动于自己编出的浪漫的爱情故事。但听强说这句话的时候,我很多年没有汹涌过的泪水终于决堤而出。

我说,非非来看你了。

强看看我,陷入自己的沉思中。

我在网络同学录上留言:"经警察朋友帮忙,得知强已移民澳洲,近况不详。"

后来的同学会上,我逢人便如此说,说得多了,我自己也当真了。

玫瑰色的记忆

导读：我的手伸进衣袋，仅按了两个健，举起手机放在耳边，就听到了与你共享一夏的《隔世离空的红颜》。在你"喂"的一声之后，我含着眼泪说："你的红颜破空而来。"

秋初，穿上休闲装、运动鞋，和同事们爬山去。

在电脑前趴了一个夏天，一坐上长途车来到郊外，便觉一切都是清洁的、开阔的。空气中也漾着新鲜的气味。

目的地是我已去过的天池山，山上有大大小小的积水潭，因为山高林密，植被未遭破坏，水绿汪汪、清亮亮地在奇林怪石间泛着涟漪。

我从同事手中接过一本交通图，顺手翻到了一个城市。这个我在夏天点击过无数次的城市中原商城郑州，原来离我所在的位置只有手掌宽的距离，这么近！

天气极好，云淡淡的，如纱如羽。风变得清爽，吹走一夏的暑气。我忽然改变了主意，想到那个心中的城市去，不期而至降临他的身边，相信那种旖旎风光胜过天池百倍。

车在中途小镇停靠时，我改变了旅行的方向。

缓步于遍布阳光的城市道路上，如流的车辆从身边驰过，另一边是林列的店铺。尖嚣的车声和招徕顾客的音乐声昭示着城市的喧闹。擦肩而过的是一张张从未见过的面孔，但我感觉已经

丁香洁

在这里生活过多年,因为你的一颗心在城市的另一端搏动。

我的手伸进衣袋,仅按了两个健,举起手机放在耳边,就听到了与你共享一夏的《隔世离空的红颜》。在你"喂"的一声之后,我含着眼泪说:"你的红颜破空而来。"

接下来的时间如眼前单行道上的车流,都朝着一个方向如流而逝。

我像一个流浪过久的人,等待归宿,背上是满满的行囊,身上是休闲装牛仔裤。我靠在人行道的护栏上,望着你要来的方向,懒得向周围人解释我的等候。

风吹过来,扬起我的长发,如蹁跹的柳丝。我觉得这个画面似曾相识,却怎么也想不起来,是在哪儿,又是在等谁。只知道在生命里我曾静静地守过这么个心灵静谧的午后。

你仅用了半个小时就从一个大都市的另一角而来。连你自己都惊叹天公作美,一路绿灯。而且,我站着的地方虽在你的城市的一角,你却从未到过。

我的手机响起《隔世离空的红颜》时,我把它举到耳边,于是你的车缓缓停靠在我身边。

你从公司放下手中的事赶来,西装革履。陪在你身边的我一身准备游山的服饰。但谁也没有注意我们,因为在这城市,有太多太多令人难以预想的故事。他们在赶他们的路,扮他们的角色,无暇他顾。

这世间,总有一些事情无法用说明文写出来,所以有了散文;总有一些事无法用记叙文写出前因后果,所以有了诗。我们读别人的诗,唱别人的歌,荡气回肠,感同身受,因为那诗那歌里,埋着我们的故事。

与你相处的分分秒秒,我耳边一直在回旋《隔世离空的红颜》。

我笑问:"你是不是得给这几个小时找个合理的下落?"

你竟满脸都写着失措与无奈。

我走进返程列车的地下通道,最后一次回头,向你挥手。

朝阳透过候车大厅的落地长窗照在你的脸上。

我突然不知你是谁,你是我在哪一刻相遇,最后终究背身而去的人。

我的眼前又飞起许多年前那个午后,林间那两只鸟,盘旋之后冲向天际,在视线里变成黑点,消失无际……

车向西行。

耳边响起《隔世离空的红颜》,是你的号码在闪动,我接通手机,里面传来悦耳的女声:"喂?你是谁?"

我合上手机,抬头望,车窗外阳光灿烂、秋风凉爽,没有一丝阴霾。

我回拨这个号码,语音提示:"您拨打的号码暂时无法接通。"

我删掉了一组拨过千遍的号码,换掉了与你共享万遍的《隔世离空的红颜》的铃音,把那个永远运行在玫瑰色记忆单行道的QQ拖进黑名单。

一年后,我在网友聚会上滔滔不绝地讲笑话。手机上又跳起这个隔世的号码,我犹豫着接通。你在那边关切地说:"喂,你还好吗?"

我想了想,终于说:"还好。不,很好。你呢?"

"也好。"

"呵呵,大家都很好,那正是我们共同的愿望,不是吗?"

"呵呵,是呀。那……祝你愉快,再见。"

"再见。"

明天你是否依然爱我

导读：小丽穿着演出的橘色低胸短装，同色的轻纱长裤，站在侧幕候场。她眼里那份失落在良子的心中尖利地划了一下，久久痛楚。

良子整理了几件衣服，给父母留言说出去闯世界，便随着光的歌舞团，转场到另一个城市。

立秋过后，天气开始转凉，良子在白色连衣裙上罩了那件果绿的小外套，理顺长发，去天炎酒店看歌舞演艺，她的同学送她一张入场券。

中场的表演者是架子鼓手韩光，他高大威猛，留着板寸，一双不大的眼睛炯炯有神。他穿着粉蓝色的宽大T恤，胸前绘一只吊睛白额的斑斓猛虎。

光用他浑厚的嗓音唱了几首时下流行的劲歌，然后，他说："下面，我为大家献上一首经典老歌，希望多才多艺的汝城的先生女士走上台来，和我一起唱。"前奏起来，灯光转暗。光唱起来："午夜的收音机，轻轻传来一首歌……"

"……相信终会有一天你一定会离去，可明天你是否依然爱我。"一个女声从台下响起，大家边鼓掌边循声望去，一名极苗条的女子，拿着话筒，拾级而上。

良子被现场气氛感染，随着大家一起高歌："……午夜里的旋律一直重复着那首歌，Will you still love me tomorrow……"

乐声止息,灯光转亮,女子对着大家致谢,人们才看清她是唱《倾国倾城》的女演员。

晚会结束,良子独自来到酒店旁边的烩面馆,叫了面。一个男孩坐到她的旁边。良子抬头一看,正是光。他也正望着良子。良子脸上发热,急忙转过头去。

光用浑厚的嗓音低低地说:"你叫什么名字?"

"文思良。你叫光?"

"呵,你多大了?"

"十九。你呢?"

"我二十。"

……

"团长,你说要请客的。怎么一个人跑了?"和光一起唱歌的女孩小丽撒娇地笑着,坐到对面。她穿着演出时的藕荷色轻纱薄裙,露出长长白白的颈项,一副风一吹便要飘走的样子。良子是修长的类型,很瘦,比起这个女孩来却显得圆润了。

面来了,光为良子拿了一双筷子,看着良子吃,良子却盯着女孩白皙的手臂,那里用香烟炙着九个伤疤,横三竖三,排列整齐。

光后来告诉良子,小丽失恋了。

第二天,良子代替小丽,同光唱那首《明天你是否依然爱我》。表演很成功,从演唱到结束,他们的手一直拉在一起。

光对良子说:"加入我们吧,你很有灵气。"

良子在灯影里说:"好。"

小丽穿着演出的橘色低胸短装,同色的轻纱长裤,站在侧幕候场。她眼里那份失落在良子的心中尖利地划了一下,久久痛楚。

良子整理了几件衣服,给父母留言说出去闯世界,便随着光

的歌舞团,转场到另一个城市。

演艺厅里上午十点以前都是安静的。十一点时,大家开个碰头会,便一起吃餐厅供应的中饭。光和良子边吃边玩猜牌游戏,良子次次都猜得对。光得意地对坐在旁边的阿美说:"看我们良子,就是比你们强。你们一个都猜不对,净耍赖。"

阿美做个鬼脸,分辩说:"比我们强,咋也没考上大学呢?"

两个跳现代舞的女孩安妮和珊珊排练时,良子和阿美也跟在后面练,光在边上看着,为她们喝彩。这时珊珊机灵地对光说:"良子跳得好吧,让她今晚和我们一起上场。"

光拍了拍珊珊的屁股说:"良子?呵呵,我怎么舍得让她上台。"

安妮在一边拉了珊珊,酸酸地撇了撇嘴,径直走了。

良子趁机对光说:"这样的舞我也能跳,为什么不让我上台呢?"

光把良子的脸转向自己,冲她的眼说:"你真想跳这样的舞?"

"不,我只是想,我不能什么也不做……"

"我不想让你表演这些。这都是哄了没有男朋友的傻妞来跳的,小丽的男朋友就是因为她跳这,跟她吹了。"

良子不经意地回头,看到小丽正站在他们背后。

那天晚上,小丽的《倾国倾城》赢得满堂喝彩。晚会后,小丽叫上团里的两个男孩一起喝酒。男孩们都说累了。她就一个人悄悄走开了。

第二天一早,睡在休息厅的安妮兴奋地大叫:"下雪了。阳历刚刚进入十一月,就下雪了。"接着安妮又尖叫一声:"小丽——

快来人呀,小丽不行了。"

小丽穿着演出时的雪白纱裙,静静躺在安全门外的楼梯边,头边一摊呕吐物。浓浓的酒味袭人。

法医鉴定小丽是喝了假酒,工业酒精中毒而死。安妮、珊珊、阿美都走了。光临时组起的歌舞团一下子散了。

良子知道自己也该回家了。

良子从车窗伸出手握住光伸过来的大手,望着他——这个20岁的大男孩瘦了许多,头发很长,满脸疲惫,后面还有许多事等着他来处理。

车越走越远,光消失在车后的烟尘中。

燕归来

导读: 对面精品屋的女孩在橱窗上贴着大大的雪花,圣诞节快到了,燕妮想起明天是自己三十岁生日,便拨通了母亲电话,母亲惊喜地说:"带着阿文回来过春节吧,顺带把你户口办过去,你就是香港人了。"

"我……"燕妮知道春节面对亲人将如何无言以对,"公司不放假。"

燕妮打开美甲店落地玻璃门,探头往街上看,冷风吹起她长而柔的头发,她裹紧白色的修身毛线外套,缩了一下修长的脖子。

美甲师辞职已经三天了,偶尔一两个顾客来问一下,就离开了。

深圳 OL 都注重手部和指甲的养护,"燕归来"美甲店曾经生意红火,三位美甲师,连上女店主四人总是一开门就忙到深夜。

秋天,女店主快要生孩子了,正好遇到百无聊赖的燕妮,跟她成了无话不谈的朋友。燕妮喜欢美甲店的名字——燕归来,就接受于总资助,盘下店铺。

燕妮对美甲一窍不通,她每天蜷缩在沙发上,左手执手机,右手扶鼠标,对面电视播着韩剧。她一边上网浏览,一边看着那三名美甲师做活,日子很惬意地过了一个月。发薪的晚上,她早早关门让他们休息。第二天,打开店门,她收到了三封告别信,三个美甲师全部跳槽了。

燕妮的心一下子和突然而至的冷空气一样凉。这样维持了十来天,每天都像今晚一样白白耗着时光。

燕妮大四那年结识了香港男友阿文,一个大燕妮五岁,很正统的男孩。

燕妮喜欢上网购物,让快递给家里送一包一包的邮件,里面无外乎服装、零食、化妆品。阿文每个月往她的卡上打几千块钱,让她随意花。香港无雪,冬天,燕妮思念雪花,阿文就带她到迪斯尼公园去,在人工雪中尽情玩耍。阿文喜欢燕妮——一米七的身高,洁白如玉的肌肤,还有不染烟俗的气质。他们注册结婚了!

燕妮每三个月回豫西小城办一次签证,签一次,可以享受三个月住在香港或者自由穿行在罗浮桥上的权力,他们盼望着五年期满,燕妮就可以取得香港户口。

小区矮屋的燕子飞来又飞走了三次,第四年,燕子竟然没有飞回来过冬。

阿文的情绪越来越不好,股票缩水,公司不景气,辞退了许多人,他也被失业的阴影笼罩着。燕妮窝在床上上网,选中一条样式新颖的项链,用网银付款,提示说卡上余额不足。阿文竟然忘了给她的卡充值。而这时,阿文还在公司加班,她打电话过去,那头马上掐断了。

燕妮便在网上闲逛,相亲网站上搜索到一个四十岁的南方人于总。于总单身,有清华学历,有自己的公司。她联系了他,两个人的电话联系越来越多,阿文在做些什么,她都不放在心上。

燕妮收拾自己的衣物,说回豫西过春节。阿文冷淡地答应了。

燕妮在深圳见到那个来接她的瘦小男人,让燕妮失望的是他根本就是一个乡镇企业主,那所谓的清华学历,是花钱买的假文凭,而公司就是那一溜三十余间的单层简易厂房。

于总对燕妮很大方,把银行卡密码告诉她,由着她上午睡到自然醒,脸也不洗就上网购物。

燕妮发现,跟着阿文永远不能过自己想要的生活,那么,跟着于总呢,她喜欢这种优裕的生活,而不喜欢这个人。

她给阿文发了一封 E-mail,说自己拖累了他,不如分手吧,阿文没有回。打电话也不接。

转眼又入冬了,阿文依然没有回音,燕妮也没有回家乡签赴港探亲证。

……

对面精品屋的女孩在橱窗上贴着大大的雪花,圣诞节快到了,燕妮想起明天是自己三十岁生日,便拨通了母亲电话,母亲惊喜地说:"带着阿文回来过春节吧,顺带把你户口办过去,你就是香港人了。"

"我……"燕妮知道春节面对亲人将如何无言以对,"公司不放假。"

燕妮坐回店中的沙发上,电脑提示"邮件来了",是阿文的,说早知道她遇到了能给她幸福的人,他也在工作中遇到一个可以共同承担生活担子的女孩。他同意离婚,让她尽快到香港办理离婚手续。

燕妮只快捷回复了一个好字。然后,把脸埋在手里哭得昏天暗地。

良久,她擦干泪,打电话给于总说:"对不起,其实,我已结婚,但要离婚了。咱俩也不是一种人,还是趁早分手吧。我明天就转掉美甲店,亏欠的钱,我慢慢还你。"没听对方说什么,她就关了机。

燕妮打印出一份店铺转让的单子贴到橱窗上,关了电脑,走上街头。这里离她的租屋只有两条街,下夜班的人匆匆走过。她也加快步伐,要赶回租屋,去上网查找正招聘员工的公司。

元夜思

导读:三十岁时,原真还是这副模样,只是扎在脑后的头发烫卷了,手里多了一个五六岁的小男孩。

三十一岁那年,原真对着心目中的偶像裴建华一发晕,成了他的情人。

元宵的焰火在远处开放,五彩光华透过窗子照进室内。

原真独自坐在沙发上对着电视里的热闹发呆。儿子已回大学,老公郑超与文友聚会,充满书香墨韵的家温暖而孤寂。

家中的书香墨韵属于郑超,原真不会柔情万千地吟诵:"去年元夜时,花市灯如昼,月上柳梢头,人约黄昏后。"

药厂驻外业务王经理把这几句诗发她手机上,她看了一眼便删掉了。

腊月十八是原真的生日,她自己都忘记了。那天晚上,医药超市的几位员工打电话给她,一定要她出来聚餐。生日蛋糕和小礼物让她惊喜。王经理拿出一张五十元人民币,钱的编码正是原真的出生年月日。谁都会因这份用心而感动,原真也感动了,但她明白自己不能接受。

原真读书的年代,女孩子们不必刻苦,嫁一个好老公是最好的结局。原真有这个条件:她身材恰如其分地修长,长发乌黑如漆,皮肤白里透红,纯净得半透明似的,一张脸就是一件冰雕玉琢的艺术品,没人忍心伤害她,她也温顺谦和,从不苛求。

二十岁时,原真就是这副样子。高中一毕业,便招工进了医药公司。同学郑超从部队给她写来一封封求爱信,她接受了。他们举行了一场让原真终生难忘的部队婚礼,战士们欢呼着,把他们拥入洞房。郑超在她耳边承诺:"我不会让你受一点委屈。"

三十岁时,原真还是这副模样,只是扎在脑后的头发烫卷了,手里多了一个五六岁的小男孩。

三十一岁那年,原真对着心目中的偶像裘建华一发晕,成了他的情人。

刑警队长裘建华是个惹不起的人物,打一个喷嚏,县城跟着流行感冒。

球场上，他是所向披靡的前锋。

警务上，他让罪犯闻风丧胆，也让老百姓敢怒而不敢言。

情场上，他俘虏了一个可心的人——原真，军人的妻子。没人敢惹，但裘建华裘队惹得起，惹得帅气，惹得霸道，惹得张扬。

十年前的元夜，裘队喝高了，大家众星捧月般送他上车，他吩咐司机送他到原真那里，一点也没有把站在人群里的郑杰看在眼里。郑杰是郑超的哥哥！

原真自己也很难分清爱才华四溢的郑超多些，还是爱幼年时心中的英雄裘队多些。她也不想去费这个脑筋。郑超在远方的关怀问候和裘队热烈的实实在在的体贴让原真同样着迷、贪恋。她已习惯哄儿子休息后，静静地等候裘队。

可正月的焰火味儿还没散尽，郑超突然和几名军官一起回来，原真被隔离。

就像一场噩梦，儿子、郑超、裘建华在激流中翻腾，她必需抉择拉住谁的手。她心力交瘁，流泪无语。

三天后，郑超来看她，拥她入怀。她哭成泪人："你还要我吗？"

郑超抚着她的头发，自责地说："我不能忍住不见你，就当一切没有发生吧。我带你走，好好照顾你，你肯选择我吗？"

原真选择了郑超、儿子———一个完整的家。她以为裘建华任何时候都是攻守不败的，他有办法跳出困境。她在郑杰请的律师的文件上签了字，同意告裘建华破坏军婚。

裘建华看到原真的诉状，啪地拍桌站起来，然后又坐下。他把一切和盘托出，包括许多警务上的徇私舞弊，牵涉的人达二十多个。

裘建华立功减刑，不久便屹立商界。

原真随郑超到春城军区，依然经营药店。她不善于思前想后，渐渐把对裘建华的崇拜、怨恨和愧疚扔到了角落。

王经理又打来电话，约原真桥头看焰火。原真说："老公在等我。"

原真望望镜中的自己，四十岁了，依然是那副模样，甚至眼角的皱纹也仅仅在笑起来时，才略略可见。她沉醉于郑超的体贴与家的温馨，越发随遇而安。喜乐着另一半的喜乐，又有什么不好呢？

她伫立窗前，远处楼顶，礼花一朵接一朵，灿烂得让她心动，她打电话给郑超："我想去找你，一起看烟花。"

郑超永远能听出她的心声："你来吧，我们在桥头等你。"

原真不会念："今年元夜时，月与灯依旧"，她走在郑超身边，融进他的圈子里，她喜欢，大家也喜欢。

王经理站在灯火阑珊处，看着原真的笑脸，突然想起自己该回家了，妻正盼着。

云中星

导读:中途小站上来一个不到三十岁的高大男人,男人脸色黝黑,一双眼睛贼亮,手里提着一只乐器箱子。他很小心地把它放到旁边的空位上,对着雨菲笑了笑。这笑像一道春日里暖暖的阳光,轻抚了雨菲一下。

夏夜,异常闷热,雨菲坐在北上列车的窗边,冷气很足。淡黄色的连衣裙,反翘的短短卷发,掩饰不住的明星气质,实在看不出来她已经三十多岁。

她为小自己五岁的枫离了婚,但枫却要与一个刚从学校毕业的大学生结婚。她从枫的婚礼上中途退出,突发奇想来到城市边缘的咖啡座,……坐在小隔间里,雨菲想起前夫李军,那个不太会唱歌不太会跳舞的笨拙的退伍军人。他心地善良,不凌利不睿智,但是不乏可爱的地方,生活里的种种甜蜜与安逸竟然在远远离开后才让她如此怀念……

好像做梦,那是李军的声音,他像当年一样找座,叫饮料。

听说,李军下海做生意,状况极好,还要发展壮大。雨菲坐在暗处从缝隙望着他,他依然年轻,满脸的憨厚,这张曾让她痛恶不已过的脸,此刻竟然亲近无比。

李军的旁边坐着一个娇俏的女孩,青春与美丽一如当年的雨菲。他把饮料递过去,小心呵护着她。

雨菲不忍看下去,梦游一般站起来,走过楼梯拐角,两个服务员望着她的背影大声说:"当年人家父亲当权,她嫁给人家。现在兴起了姐弟恋,她又离婚再谈,真是兴啥玩啥。就她唱那两下子,若不是她公爹是文化局局长,戏校毕业的能得流行歌赛冠军?"

雨菲只想离开现实的一切。

她坐上火车,向北向北。

中途小站上来一个不到三十岁的高大男人,男人脸色黝黑,一双眼睛贼亮,手里提着一只乐器箱子。他很小心地把它放到旁边的空位上,对着雨菲笑了笑。这笑像一道春日里暖暖的阳光,轻抚了雨菲一下。

雨菲回他淡淡一笑。

男人很健谈,他告诉雨菲,自己是一个戏剧爱好者,他们一大帮爱好者组成协会。每晚都会在广场自发聚会。锣鼓家什一打,就开了场。雨菲不解地问:"现在人们还喜欢戏剧吗?"

"痴迷得很。"

听雨菲说也会唱两句,男人就热情地邀请她半道下车,跟他去看看,唱两嗓子。

雨菲很想去看一看这些爱好戏剧的人。她本来也没有目的地。

车在男人居住的小城靠站,雨菲跟着他下了车,扑进夏夜的闷热。

文化广场的一角,两三摊唱戏的都已开场,见到男人来了,热情地打招呼。雨菲才知道他叫天明。天明坐下来,就拿出自己的笙管,吹奏起来。

一个与天明年龄差不多的小媳妇主动站起,悠悠扬扬地唱

起来。

雨菲听她的唱腔有不少破绽，不过很有韵味。小媳妇一边唱一边望着天明，眉目间含着的情意撩人心魂，那曲子也似乎是对着天明在倾诉。

唱完一曲，小媳妇坐到了天明的旁边。默默地听天明给别人伴奏。

雨菲已经许多年不唱戏了，这样的气氛，这样的夜晚，她想起了自己的戏校生活，嗓子眼痒痒的，就叫起板来，伴奏的二胡与笙管跟着她的嗓子走下来。她幽幽怨怨地唱道："恨上来……"

一曲唱罢，竟然让人听呆了。许久许久，人们才醒过神来说："真是好，你肯定不是业余的。"

雨菲在人们的要求下唱了一曲又一曲，把自己心中的积郁都唱出来了。

这就是生活，不管雅俗贵贱，不论来历身世，走入艺术中，就忘记了身外的一切，尽情发挥尽情宣泄。

雨菲觉得自己在这些人中真是太俗了。走过的几十年，都消磨给了虚名假利。

她在石凳上坐下来，听别人唱。一边静静地望着远处的天空。云越来越浓了，月被遮没，几点疏星从云缝间透出来。一会儿工夫也被遮没了。

刚刚唱戏的那个胖胖妇人，终于停下来，拍着胸脯说："真唱过瘾了。"

几丝凉风吹过人们的头顶，天好像要下雨。人们互相招呼着，纷纷离开。天明问雨菲："要不，你跟她回去住吧？"

那个小媳妇说："要下大雨，就到我家凑合一晚吧。"

雨菲摇了摇头，她坚持回家。

天明想了想,说:"半个小时后,有一趟返回的车。我们送你走。"

雨菲点了头。在两个萍水相逢的人陪伴下,走向火车站。

刮风了,风里夹着些雨星,眼看大雨就要下来了。

两个人坚持送雨菲上了车,雨菲感激地握着两人的手:"真羡慕你们的生活。"

天明又是粲然一笑:"想唱戏就再过来。"

火车带着雨菲向自己的城市奔去。

夏天的天气真让人难以琢磨,雨并没有下来。云又裂开了,一道道云缝里星光点点闪烁着。

雨菲心里明澈充实,她知道了自己想要的生活。

走过咖啡屋

导读:妒火如炽,我拉过舞厅的老板跳起来,故意和他说笑。当我与阳擦身而过时,我看到了阳眼中的惊愕和失望。我在阳这种眼光里感到好绝望,精心构筑的爱的小屋,分明在眼前卡卡作响,顷刻灰飞烟灭。

许多年前,阳和我还是梦想着追风逐月,想让浪漫飞到天涯的年龄。那时,我爱唱千百惠的那首《走过咖啡屋》:

"每次走过这间咖啡屋,忍不住慢下了脚步,你我初次相识在这里,揭开了相约的序幕……"

我觉得这歌里唱的就是我们。

那时的我刚从大学毕业,在中学教书。阳在城郊的电厂做工人。我和他从来没说过一句话。但是,我们从别人嘴里了解对方的一切。我还知道,他比我小三岁。

我在舞影婆娑中,感受与阳步伐的和谐默契。当我被众星捧月般围在舞厅中心时,阳默默地站在人后看着我。我跳累了,坐在舞厅一角,用手背轻揩额头的汗珠,阳走过来,把一张折叠整齐的纸巾递给我。我说谢谢,他说不客气。这是我们第一次对话。

他的舞跳得很好,却只坐在我旁边和我说话,不请我起来。直到又一曲响起,别人把我请走。他或者静静地坐着,看着,当我从他旁边旋转而过时,点头微笑;或者请哪个并不起眼的小女孩,不张扬地跳一曲。

舞会结束后,我们不约而同走进舞厅旁的这间咖啡屋里,面对面坐下时,都忍不住笑了,笑得收不住,然后,开始我们的第二句话:"喝什么?"

喝着加冰的红茶,我们开始聊天,说不完的是青春的话题。

分手的时候,我们没有说下次再见。第二天又不约而同聚到那家舞厅。跳舞,然后到咖啡屋喝加冰的可以续杯的俄罗斯红茶。

与阳在一起,我享受着纯纯的精神之乐,那时满街热播《走过咖啡屋》,我与阳携手走过的路上都是那缠缠绵绵的"……芳香的咖啡飘满小屋,对你的情感依然如故……"我的心中满是爱和幸福,听这首歌里面的每一句都没有别的意义,只有爱和幸福了。

家里逼我去相亲了,我躲出门,找到阳。

他在西郊刚刚建成的新家守门儿,门前是空阔的田野。夏夜,月光澄澈,远处,汝河的水声隔了果木的枝叶窃窃如私语。

阳说:"去呗。"

我说:"那我真去了。"

他便回手拉住我。那一刻,我觉得,阳虽然才高中毕业,虽然比我小三岁,虽然……但他纯朴、善解人意,如果能跟他在一起,一定没有烦恼。

但是烦恼还是来了。家人再一次逼我去相亲时,我张口想说阳,但又咽了回去。我的脸红了,不是羞涩,是因为我无法说出阳的那些世俗条件。我夺门而出,去舞厅找阳,然后坐在那间咖啡屋,说我们说过千遍,依然想说的那些话题。那天,他带着我去他的单位,看他的宿舍。他把我介绍给他的工友们。我一直陪着他下班,一起回他西郊的新家,替他洗衣服。事情就这样拖着。

我们都没有想过将来。

立秋过后,夜风已不再如沸水般酷热难耐,吃过晚饭,天上只有星星没有月亮,我拉女伴雪一起去舞厅,进了门,就看到了阳正在和一个小个子女孩跳舞,女孩玲珑娇美,舞姿极好。她如小鸟一样依在阳的胸前。

妒火如炽,我拉过舞厅的老板跳起来,故意和他说笑。当我与阳擦身而过时,我看到了阳眼中的惊愕和失望。我在阳这种眼光里感到好绝望,精心构筑的爱的小屋,分明在眼前卡卡作响,顷刻灰飞烟灭。我的头突然很沉,脚下虚虚的,像踩着棉花,四周的一切似乎在飞也似的旋转……偏偏这一曲就是那首我至爱的《走过咖啡屋》,我神不守舍地频频回望。

乐曲停下来时,阳拉起那女孩,走了出去。

我痛苦地握紧了雪的手,耳边是她被抓痛的尖叫。

我拿着阳家的钥匙,我要去他家找他。雪阻止我,说是去了

不管阳和女孩在不在都不好。她明天先帮我问问阳,如果阳对我还有真心的话,让他来找我。

我说我不管过去,我只想要一个完美的现在,如果我不能得到,那就让它彻底失去。

我给家里打了一个电话,告诉家人安排第二天的相亲。那是一个不错的小伙子,我依照家人所愿和他恋爱结婚。婚后我才知道,那晚与阳跳舞的女孩是他的表妹。

阳后来娶了他表妹的同学。

不久,阳下岗了,承接了舞厅旁的咖啡屋。招徕顾客的曲子就是《走过咖啡屋》:

"……今天你不再是座上客,我也就恢复了孤独,不知什么缘故使我俩由情侣变成了陌路……"

其实走过咖啡屋,我没有停下脚步的勇气。我匆匆而过,我知道那些青春岁月的美丽往事,只能让它越来越模糊。

昨日再现

导读:他们的初夜那么无邪那么甜蜜:在向东的家里,背着他熟睡的父母,向东来到她睡的客房里,他承诺一毕业就结婚。

多年以后,这一切还能重现吗?

走廊静静的。朱钰按门铃,轻柔的音乐在门内响起。

郑州到深圳的快车 24 小时就到了。老同学阿杜领向东进了

自己开的四星级宾馆,给他安排了一个标间。

今年夏天特别热,连续的"桑那天"。但向东心里很冷,他利用一切关系帮助妻子夏兰兰到日本留学,计划兰兰先走,向东后去。因为兰兰出国花去了他们全部的积蓄,还有两家老人的赞助。向东如果出国就要卖掉他们现在的住房和市郊的一处宅院。2008年底,正遇上楼市低谷,一时找不到合适的买家,就耽搁下来。但兰兰到了日本没有几天竟跟一个韩国老板同居了,不久就去了美国,给向东寄来了离婚协议书。

因为跟阿杜偶然同学相认,朱钰公司的客户,都安排在阿杜这里。阿杜便不时告诉朱钰向东的事,朱钰总是淡淡地说:"这跟我有什么关系?"

向东一住下,阿杜便给朱钰打电话:"向东来了,他的目的就是想见你……"

朱钰打断阿杜的喋喋不休,说:"好的,我知道了,我会尽快到。"这让阿杜为自己准备的一肚子劝说辞感到惋惜。

出发前朱钰打了一个电话到向东的房间。对方一下子就听出了是她。

朱钰听到向东急促的呼吸,她的手颤抖了。多少年过去,什么也没遗忘。

"你好吗?"

"不知道……你来这里吧……行吗?"

"行。"

朱钰已是一个公司的部门负责人,她完全可以找出无数个理由拒绝见面。她当年那么无奈地只身闯荡特区,完全因为向东在她和夏兰兰之间选择了后者。

她此刻很想哭,想象见到向东时,打他耳光,骂他绝情,然后

畅快地让眼泪流个够……但她不是那样的女人。

她想起在大学里,向东病了,让同学叫朱钰去看他。朱钰站在他的床前,他一把拉朱钰坐在床沿,握着她的手轻抚自己发烫的脸颊,问:"喜欢我吗?"朱钰白皙清秀的脸红起来,额头沁出细密的汗珠。她喜欢向东,历史系的高才生,篮球队的中锋,城市男孩那种目空一切的气质。

他们的初夜那么无邪那么甜蜜:在向东的家里,背着他熟睡的父母,向东来到她睡的客房里,他承诺一毕业就结婚。

多年以后,这一切还能重现吗?

走廊静静的。朱钰按门铃,轻柔的音乐在门内响起。

向东打开门,他衣着整齐,干净清爽。

朱钰飘然而入。

"真奇怪,你一点没变化。"向东迎面说。

"瞎说,"朱钰满脸矫情地笑起来,"怎么会没有变化,老了。"

朱钰外表上的变化的确不大,她还是那么苗条白皙娇嫩。头发依旧是在脑后扎成一束的马尾,身上是很正统的套裙。向东一时觉得她的内心也同外表一样如同昨日。

他向她走去。她很坦然地迎着他的目光。

"我很想你。"向东听见自己很干涩地说。

他突然一把抱定她。

"不!"她说,"不要。"不是窘迫,不是隔膜,不是半推半就,就是明白无误的,不容侵犯的,凛然的拒绝。朱钰也是此刻才明白自己。

向东失神地站着。

"坐吧。"朱钰说,自己先在靠窗的椅子里坐下来。

向东站着,他知道一切都是他一厢情愿。

当年朱钰把准备与向东结婚的消息告诉了远在豫东农村的亲友。那时,朱钰在老家等待向东为她安排工作的消息,她等了一个月,不见向东,就自己到省城来了,便看到夏兰兰住在向东家里,住在朱钰献出初夜的床上,到向东原本为朱钰联系的单位上班。朱钰进退无路,只好南下深圳。

……

朱钰与向东拉开了距离,气氛反而松弛了些,仿佛两个刚认识的陌路人。

屋里沉寂着。向东咬咬牙,抬起头,正面看她:"也许说什么都是多余的。但我还是想说一句,对不起,朱钰!"

然后他就哽咽起来。

朱钰笑起来:"怎么了你,这个年头,还有人为这事懊恼?你真是学历史的。走,我请你吃饭,挑一个好地方。"

"我不想吃,"向东背过脸说,"我想一个人待着,可以吗?"

朱钰叹口气:"也好。这些年我也经历了结婚、离婚,现在是独身。过去的事改变不了,明天的事走过长夜才能看到。今天开开心心就好。你专门为我而来,我却不能让你开心。这儿有很多让人开心的项目,让阿杜替你安排一下。"

她从手袋里掏出来一大沓人民币,放到床上,走出去,带上门。

第三辑 麦香苑

当田野的风吹来,《麦田里的风向标》飞速转动,麦子成熟的时节,我们都还是个少年,梦里常寻找丢失的《麦田里的老牛》,《羊的契约》的时代慢慢走远,诚信一度走远,又回到我们身边……

麦田里的风向标

导读：父亲泪流满面，对男人挥挥手："带她走吧，永远别再回来"。

吴晓武拉了文子的手就跑，出了家属院，绕过供销社的大仓库，便是望不到边的田野，风吹麦浪，微微起伏，阳光下，像一片金色的海洋。

"看什么？"文子问。

"那儿——"顺着晓武的手指，文子看到远处一排红砖平顶房，房前一大片空地，绿绿地长着没脚踝深的青草，在一片金黄里很显眼，两三根长短不齐的高杆直竖着，刺向蓝天，上面的风车随着风儿转得滴溜儿欢。他们绕着铁丝网围墙转了一个圈，终于在靠着红房子的一侧，找到一个铁丝门。门是虚掩着的，他们悄悄地从门缝钻进去，到风车杆旁，

"喂，哪来的小孩子，快出来。"一个好听的声音传过来。

文子和晓武看到一个美丽的女人站在红砖房前，两条长长的麻花辫，白衬衫。绿军裤，裤腿很宽，显得她的腰格外细。

文子大胆地问："那是什么？"

"风向标。你们是哪里的孩子？"

"公社院的孩子，我爸叫李鸿基。他是晓武，吴晓武，他妈是供销社的。"文子口齿清晰，落落大方。

"李书记的女儿，难怪呢。你们知道这里是什么地方吗？"女

人的两只眼睛笑笑的,却睁得很大,不像家属院那些女人,一笑就把眼挤成一条缝,挤出两堆鱼尾纹。

看到两个孩子盯着她只是看,她又咯地一笑:"这是气象站。那,是风向标。看,这地上还有好多仪表……"

文子梦想自己长大后也能成为那样的美丽女人,守望风向标。

他们上到小学高年级,男女都不说话了。两个人见了面,也是胆怯地,你望我,我望你,不知要说什么好,不敢先开口。初中两年,文子是学校宣传队骨干,晓武是学生会主席,那一年,他们同时成了红卫兵。

突然有一天,"头儿"把文子叫到办公室:"你是革命的红卫兵,你爸爸是当权派。你必须带头揭发坏人,和坏人划清界限。"

爸爸是坏人!文子从来没有想过爸爸是什么人。爸爸很忙,除了早饭在家吃外,另外两顿饭很少见到他。吃饭的时候,他也只是跟妈说很少几句话。大人说了什么,她从来没有在意过。但是,她必须揭发,如果她不肯贴大字报揭发父亲,她就不能再当红卫兵,还要成为学校停课批斗的对象。

经过一个不眠之夜,文子在小城唯一的街上贴出大字报:"打倒李鸿基!"在批斗会上,文子首先站出来,拿着革委会写的发言稿,读得慷慨激昂。

"文子!"父亲低吼了一声。

文子转头,看到低头弯腰挂着牌子的父亲,一双愤怒的眼睛瞪着她。父亲对于她来说,是陌生的,他总是在外面忙,文子都记不起他是否抱过自己,跟自己说过几句话。而那一次,她一个人站在麦田外看风向标,父亲和几个人在铁丝围墙里缓缓走着,指着风向标说了很多话,那个美丽的长辫子女人白衬衫外罩了一

件红色的毛衣,美丽得像墙上的宣传画。父亲不时转过头,跟她说话,临走,还握了她的手,摇了好几下。

父亲,他是一个敌人,一个拖自己后腿的敌人。

"打倒走资派!打倒当权派!打倒李鸿基!"文子高高举起拳头,领喊口号。会场里山呼一般跟着喊。父亲转过脸去,从此再也没有正眼看过文子,文子也没有正眼看过父亲。

为了和父亲划清界限,文子必须一次次搜肠刮肚地揭发"李鸿基"。她看到街上游斗一个"搞破鞋"的女人时,麦田里的风向标闯入她的脑海,她灵机一动。

那个美丽的女人被隔离,什么严刑都用尽了,逼她说出和公社书记是怎么搞破鞋的。最后,那女人在学校小木楼里"畏罪自杀"了。她始终什么也没说。

父亲第一次对文子发脾气:"滚,永远别再回来。"

文子从家里搬出来,第一个报名"下乡",很快获得"突击手"称号。晓武和她在一个生产队,她却拒绝与他接触,怕别人说他们"谈恋爱"。

晓武很快顶替父亲的工作回城上班,和厂长的女儿结了婚。文子一直独身,守着大田,当着劳模,风吹麦浪,便想起遥远的小城麦田里的风向标。

父亲落实政策的时候,她回城,住在招待所,安排到气象局做观测员。上班第一天,她站在红砖房前,风吹麦浪,拂动她的短发,吹得风向标飞转。她突然发疯地叫起来:"我有罪,我交代!"叫喊着,跑遍小城。

市里一位车祸丧妻的工人接走了她,给她治病,跟她结婚,生子。她没再回过小城,也没再犯病。

转眼二十年,她的母亲病重弥留,她终于回到小城,在母亲病榻前见到父亲。文子木呆呆站了半天,突然跪下去,以头撞地:"我有罪,我交代!"

父亲泪流满面,对男人挥挥手:"带她走吧,永远别再回来"。

麦田里的老牛

导读:拴在老槐树下的老黄牛停下吃草,扭过头看着德叔,大大的眸子闭了闭,咧了咧嘴,似乎在嘲笑德叔。

德叔把插在窗边砖缝里的镰刀取下,看到满是黄锈,他举起来,对着西斜的阳光瞄了瞄,然后在门口的磨刀石上淋上水,"嘶溜""嘶溜"地磨起来。

拴在老槐树下的老黄牛停下吃草,扭过头看着德叔,大大的眸子闭了闭,咧了咧嘴,似乎在嘲笑德叔。

德叔没有回头,就知道老牛心里想的什么,腾出手把叼着的烟拿下来,咳了一声,说地里头哪有麦可割,入冬到立夏,一直旱,雪没有雪、雨没有雨,麦子长得都跟黄草芽似的。没麦子,要联合收割机做什么!

老牛听了,转过头去,依旧默默地嚼着草料。

德叔一直单身,早年,相过不少对象,可人家一看他双手都是"六指",就吓得连连摇头。隔壁天明爹是德叔的亲哥,不仅人长得"全乎",还是一把好庄稼把式。天明娘接二连三地生下三个儿子,个个虎仔样喜人。天明娘每一次怀上了,就许诺说生下来

送给德叔养老,可一生下来,就舍不得了。

没有儿子,德叔就养牛,德叔这院里,牛养了一茬又一茬。

一来二去,德叔跟天明娘就较起劲儿来,天明娘不让孩子们理德叔,德叔也把"牛钱"攥得紧紧的,不肯接济天明家一毛钱。小侄子天明买本子要一块钱,天明娘为难半天,卖了生蛋鸡才凑上。

这几年,德叔人老了,身体也弱起来,对这头老牛越来越生出相依为命之情。他坐在院里陪着老牛说话看星星,凉气上来了,给牛加了草料,才进屋歇下。

第二天窗户才刚透出白色,德叔就起来了,煮了五只鸡蛋,烙了两张饼,装了一塑料饭桶茶水,把这些和镰刀、绳子一起放到人力车上,给老牛上了套,老伙计俩就出门往西坡麦田去了。

搁往年这时候,大小的收割机早在地里连明赶夜地奔忙着,在外打工的青壮们都回来了,三两天时间,收了麦,入了仓,点玉米、撒豆子,人晒黑一圈。一眨巴眼的工夫,这些人又都四散到天南海北赚大钱去了。家里清清静静地剩下一帮老幼。今年这时候,地里依然静静的,黄焦焦、稀拉拉的麦子,像又丑又怪、发育不良的小媳妇,没有姿色,也没有内容。打工的人都没有回来,天明的两个哥和两个嫂也都没回来。

德叔说:一直不种不收,有多少粮食不也得吃完?鳖孙们挣再多的钱,你买不来吃的,也活不成!老牛哞地应和一声,逗得德叔呵呵笑起来,坐在地头吃了些烙饼和鸡蛋,咕咕灌下一碗水,喘口气,跟牛说:你歇着吧。便弯腰割起麦子。

天将中午的时候,麦地热得像烤炉,德叔把牛牵到西沟底吃草,自己往草地一倒,就睡着了。人接了地气,一觉睡到太阳偏西,才醒来。睁眼不见老牛的影子了。

叫了几声不应,德叔站到高处,不远处的公路上一个人影也不见。德叔有些心慌,他听说城里人吃牛羊肉都吃尽了,逮着老鼠、猫肉都充牛羊肉呢,这要是看到老牛,还不得剥洗一番下汤锅。德叔就急了,奔上大路,往城里方向走去。山间的公路九曲十八盘,散落着的村村寨寨里也都是老人和孩子,幽僻的岭上原始生态园这会儿却如同集市,一座座休闲帐篷搭在林间。烧烤的香味扑鼻而来,呛得德叔打个喷嚏。担心老牛早成了案板上的食材。

　　转悠了一圈,也没见老牛的蛛丝马迹,德叔觉得口渴,胸口发闷,眼前一黑,就什么也不知道了。朦胧中感到有人喂他喝水,睁眼看到一帮城里人围着他问长问短,听说德叔丢了牛,领头的就让一个女孩发微博寻牛,自己开车送老人回家。

　　离麦田老远,德叔就看到老牛在沟外的一棵歪脖枣树上拴着,一个单薄的身影在田里帮着收拢麦捆,仔细一看,是天明。天明在城里重点高中读书,周六晚上回来,周日下午返校上课,看叔家的牛在沟口徜徉,叫不应德叔,就把牛拴上,帮叔收起麦子。

　　有股暖流在德叔心里一拱一拱,他摸索着解开裤腰,从裤衩上的暗袋里掏出一卷钱,抽出一张红票子,仔细看了看,又抽出一张,卷到一起,拉过天明往他裤兜里塞:"赶紧走吧,别耽误了考大学。咱家就你有学问呢。"

那时麦熟,我正少年

导读:那时麦熟,我正少年,我跟三强俩人有些后悔:打麦那天怎么不拿一面小镜子,看看天喜嫂裤兜里究竟有没有红颜料呢?

那时麦熟,我正少年。

爸向工厂请了假,妈又去供销社买了几根长麻绳。傍黑的时候,爸磨好几把镰,妈把今年新打的两口水泥缸里面擦了又擦衬上塑料布,又放上一些干花椒叶,预备装新麦。

我一边喝汤吃馍,一边眼向大门外瞟,看到西邻的三强提拉着空碗往家跑去,就急了,三两口喝完汤,嘴里还嚼着馍,就往外跑。"国,"妈高声叫,"别出去疯了,明儿一大早就得起来去东地割麦,你要起不来,看不捶你。"

我站住:"就玩一会儿,我能起来,你别管。"脚下却没停,一步一步向门口蹭,身子一挨到门槛,便滋溜一下钻出去,甩下一句:"只玩一会儿地。"

我们那时候有一个好奇的目标,就是天喜嫂。她三十来岁,有个女儿跟我年龄差不多,瘦瘦的不爱说话。我们对她也没有兴趣。

天喜哥在离村十多里的化肥厂上班,每隔几天回来一趟。他一回来,天喜嫂黑红的圆脸就笑开了花儿,忙前忙后地围着他转。生产队的一帮媳妇们都爱拿她调侃。若是分了东西,天喜没有回来帮忙拿,大家就会说天喜在外面有了大闺女,绊住脚不回来了。若是天喜赶回来帮忙,当着天喜的面,大家不敢说笑,天喜一转身,媳妇们就对天喜嫂挤眼睛。天喜嫂就手慌脚乱起来,丢东忘西。一个婶子笑起来,大家都跟着会心地笑,天喜嫂越发红了脸,头低到胸前,就差躲回家去,再不出来见人了。

我们不明白大家笑啥,但那喜气就令我们忍不住人跟着大笑。

去年麦收后晒场,天喜嫂和几个媳妇,两三个队干部一起看麦。保成伯悄悄拉拉庆婶子:"你不是染布没有红颜料么?天喜媳妇有。"

"喊,你说话没谱,我不信。她咋有?你咋知道?"庆婶子知道保成伯是个"笑葫芦",肚里的弯弯笑话多,怕被他绕进去。

保成伯郑重地说:"我告诉你,你可别告诉别人。天喜媳妇的红颜料在裤兜里装着呢。那天,我看到她屁股上一片红,坐的凳上都是红的……"

庆婶子臆怔了一会儿,突然捶着保成伯的脊梁:"快滚吧,知道你就没有正经话。"

我和三强正在麦场边逮"麦大夫"(一种瓢虫),听说天喜嫂裤兜装着红颜料,还把凳子染了,就琢磨哪天跟她要一些,染塑料布条。

所以,我和三强没事的时候,就爱盯着天喜嫂。可是天喜嫂脸晒得黑红,衣裳却穿得干净,特别是裤子。我俩一次也没看到她裤兜有红颜色透出。

我跟三强在村口碰了面,他说天喜哥回来了,明天都到东地割麦呢。现在包产到户了,谁家都缺劳力呢。那是,我老成地说。然后依旧猜了一会儿天喜嫂的红颜料藏在哪里,便无趣地分手

了。

爸妈恨活，使唤起我来，跟吆喝小牛犊子似的。爸把十行麦垄，妈把八行，我把六行，弯下腰，唰唰地往前割。割倒的麦捆成捆儿，从地里背到地头的架子车上，扎成一座移动的麦垛。然后拉到集体的麦场上。

半上午，许多家都把东地熟透的麦割完了。队长就拿写好的纸蛋让大家抓，抓到几号，就排到第几打场。最早是把麦摊到地里，用拖拉机碾。后来就有了打麦机，一家家挨着打。没轮到我们家打的时候，我和三强就在人缝麦堆间钻来钻去。下意识地寻找着天喜嫂。

天喜嫂站在自家麦车前，端着闺女送来的一罐头瓶凉开水喝着，夕阳照在瓶上，明光一闪。她就是跟村里媳妇们不太一样，再累也不一屁股瘫坐土地上。看到她，我们忘了累，在附近疯闹着。

麦场西边是村小学操场，操场一角有一座厕所，男左女右，中间一道矮墙隔断。前面是蹲坑，后面是茅池。前两天刚下过透雨，池中积水很多。天喜嫂进女厕后，三强拿起她喝水的金属罐头瓶盖，调皮地对着夕阳，一晃，将光柱投到茅池里。突然，听到天喜嫂惊叫一声，很快从厕所奔出来，正要进厕所的庆婶子忙问她怎么了。镇静了一会儿，天喜嫂说："好像有人拿镜子照进女厕里，日头反光，被她发现了。"

"谁，耍流氓来？"庆婶子一惊一乍，引来一众村人。我和三强早一溜烟钻自家麦垛里了。

一块块麦地都割完，打完场，麦子几晒几搓，都干透了。留够交公粮的，剩下的都装了缸。

人们去交公粮也扎堆儿，议论的话头便是天喜嫂上厕所时被村小的民办老师王老师用镜子伸到墙下看了屁股。保成伯连说带比画,听得媳妇们都捂住嘴吃吃笑一回,再追打着保成伯骂一回。

天喜嫂再也不肯到集体里干活,整天关在门里怕见人。天喜哥只得把她带到到厂里住,恰遇厂食堂招工,天喜嫂也成了工人。

村小的女生都被家长教导不要靠近王老师,他思想意识不好。王老师的未婚妻退了婚。王老师一直打着光棍。

我跟三强俩人有些后悔:打麦那天怎么不拿一面小镜子,看看天喜嫂裤兜里究竟有没有红颜料呢?

羊的契约

导读:回到家乡,他圈起一块地,贷了款,准备开养殖场。每走一步,胜子都与对方签订书面合同。买羊时,他轻轻呼哨一声,领头的"各类"打个冷战,马上俯首帖耳。

胜子眯起眼,想起了爹,想起了爹传授的流传千年的不成文的契约!

"各类"(头羊的别称)回头望望幼小的胜子,将头向右边的麦田一摆。它的妻儿老小马上争先恐后地向鲜嫩的麦苗扑去。胜子挡阻不住,拿鞭子去甩,"各类"咩叫一声,将两只弯刀样的利角抵向他,吓得他连连后退,一屁股坐地上,哇哇大哭起来。

哭声终于将爹招来，拾起鞭子，嗖地扫向"各类"，鞭梢在"各类"耳后疾速掠过，它一跤跌到坎下，在地上打起滚来。爹一声呼哨，"各类"忙从地上跃起，咩叫一声，羊群便归拢一起，相跟着往坡下窑洞走去，羊倌常年住坡上窑洞，与羊相伴。他拦的羊多数是乡亲们寄养的，没有报酬，不仅羊长大了归原主，母羊怀了羔，也是原主的。羊倌只得羊粪和羊毛。这便是羊的契约。因此羊倌都穷，爹四十多岁才捡了外乡人遗弃的男婴，取名胜子。

胜子上到初中二年级，好说歹说，再也不愿到学校去，他受不了一天到晚坐在教室里那个鸟笼一般的座位上。辍学后，爹将羊鞭正式交给他。他已能准确地一鞭扫在羊耳后，让"各类"望见他就发抖。

看着羊群越来越壮大，胜子也一天天变成小伙子，爹心中高兴，开垦荒地的劲头更大了，他要给胜子积累一大囤粮食，娶亲办喜事时就不用借了。胜子放羊的第六年，爹得了急病，什么也没有说就离世了。

五叔从新疆回来探亲，找到胜子要自己的羊。胜子弄不清羊发展了几头，五叔便认下一头，杀了请全村人吃饭。胜子自此不再承认羊的契约，乡亲们再也从胜子那儿要不回自己的羊。同村的青年们都出门打工了，他们一个月的工资，就买得起几只羊，也没工夫去和胜子争执父辈留下来的羊。

城里卖羊肉串，开羊肉汤馆的也越来越多，胜子的羊被一头头买去。最后他干脆卖了羊群，留下一堆羊粪，也南下打工了。

不久，人们就传说胜子大发了，老板将大工程分包给他，他带着几个工人一起苦干，挣了不少钱。

几年后，胜子回来了，依旧孑然一身，依然苦巴巴着一张脸。他不愿多谈打工的经历、但有人说，他是栽在一个女人的手里

了。那女人和他大概是老相识，上初中时一个学校。女人学习也不算好，后来自费上了大学，在城市一家公司上班。

女人到工地上找到胜子。让胜子惊讶得嘴都合不拢。那停在不远处的宝马，女人身上的穿戴和保养得很好的皮肤，像一道月光，在胜子面前亮起。女人在学校时叫翠，现在下半部给截了去，叫羽。羽第一次约胜子出来，先到洗浴中心洗了个澡，两个人穿着浴袍在并排躺着，让服务生按摩。胜子面红耳热，又舒坦又紧张又激动，才知道人间还有这样的享受，回来，逮谁跟谁说，细细地描述，不无炫耀。羽第二次约胜子出去，开车兜了很大一圈，终于带他到自己的公司，陪他参观公司的宝物陈列大厅，告诉胜子这里陈列的"国宝"级文物，都是在电视鉴宝节目上被确认的，身价将倍增。一般的人家买不起这些宝物，可以认购它的股份。有许多人把钱投在这些宝贝上，将来随着宝贝的升值，可以从中分到增值，在没有增值的时间里，这些钱将以高息存款的形式，按期付给投资者利息。胜子又是佩服到五体投地。

羽带胜子坐到茶桌前，一边为他泡工夫茶，一边随意地建议胜子把这几年的积蓄投入进来。胜子心动了。先投入积蓄，马上分到了首月的利息。看到来钱如此容易，他把刚拿到手的工程款也一下子投入进去，想等增值后，再给工人们发工资。但是到了领取第二个月工资的时候，胜子打羽的电话，不通了。来到羽的公司，大门口被男男女女围得水泄不通，他好不容易挤进去，看到公司的门上挂着粗重的U形锁，里面陈列的宝物全都不见了，大厅空空如也，地上是零乱的废纸。

老板跑路了！胜子和门外一众人一样，血汗钱都化作了一阵清风。胜子将所有值钱的东西都卖了，和几个合伙的弟兄凑齐路费，散了伙。

回到家乡,他圈起一块地,贷了款,准备开养殖场。每走一步,胜子都与对方签订书面合同。买羊时,他轻轻呼哨一声,领头的"各类"打个冷战,马上俯首帖耳。

胜子眯起眼,想起了爹,想起了爹传授的流传千年的不成文的契约!

正月茵陈二月蒿

导读: 正月十七的清晨,很安静,没有催人兴奋的鞭炮声,让睡不着的佳佳觉得一下子空落落的,就又想起白蒿。

正月十七的清晨,很安静,没有催人兴奋的鞭炮声,让睡不着的佳佳觉得一下子空落落的,就又想起白蒿。

佳佳爱吃鲜嫩的蒸白蒿。洗净的白蒿搅了面粉上笼蒸,伴着小磨香油蒜泥汁,那才叫美味呀!

佳佳在广州做了五年钉扣工,五年没尝到这口美食,却与做保安的铁成谈了两年恋爱。去年夏天,她披着婚纱,嫁到了北城外八里园,成了铁家的新娘子。

新房还没暖热,他们就双双返回广州,租了一间小屋,布置一个属于两人的小天地。他们计划再攒两年钱,就生个小宝宝,接婆婆到大都市来带孩子,也开开眼界。

2008年春节的那场大雪,给了他们在广州单独过年的最好理由。工厂和公司都放假了。他们在自己的小屋里享受着恩爱、思乡和一点点的空虚。

谁也没有料到变化会这么快。

佳佳所在的服装厂十月份已没了订单,十一月份就停工了。

十二月的时候,铁成的公司也破产了。

他们游走在街头,寻觅一切用工的信息,一抬头就撞上与他们一样找工作的人,工作却百寻不见影踪。

2009春节近了。他们无奈地退了房子,把电器和用具托运回河南老家。临上火车,他们拿出积蓄,像往年回家一样,给父母、哥嫂、侄子买了衣物和礼品。

望见村口,佳佳心里发怵:"铁成,往年咱回来,就像是在外面发了大财,做了大官似的。如果咱们说没了工作,回来不走了,村里人会怎么看。咱先瞒着,过完年再说明。"

铁成叹口气说:"嗯哪。"

乡亲们品尝着他们带回来的烟和糖,直夸他们能干,成了广州人。佳佳的弟弟把姐夫带回来的摩托拆了包装,一鼓捣就骑上了,说是到路上试试,一骑走几天就不见人影。

铁成分门另住的哥哥,趁人少的时候嗫嚅道:"家里电视太小,频道也少,等你们回广州时,把大彩电搬到我家里看看。"佳佳忍不住说:"我们不走了。"

哥嫂的嘴巴一下子都张成了O型。

婆婆倒欢喜起来:"不走也好,快生个孩子。家里有果园,有经济林,还有凤山下几大片水浇地,忙季也缺人手,都是我和你爸、哥、嫂辛苦加班把活计赶出来。你们不走,我们也该歇歇了。"

铁成和佳佳互相看看,心里不是味儿,一如今冬,温暖却干涩。

回到新房,家具上的喜字还正红艳。可躺到床上,二人都比

新婚时更不适应。铁成前半夜总睡不着,一个人看电视。铁成刚刚睡着,佳佳便醒了,睁着眼思前想后地盼天亮。

春节本该到处串串门儿,他们却窝在家里,怕出去别人问起工作的事情。

昨晚是正月十六,南城外河滩里大放烟花,村子里男女老少结伴进城看热闹,佳佳不想去,往年这时候,她已在广州和姐妹们结伴逛花市了。村路一直修到公路边,路上每十分钟一趟公交车,但五里长的村路没车的人还要步行。铁成早从小舅子手中要回摩托车,来回送人到深夜,却不好意思张口要钱,刚刚想出的这个赚钱门路似乎行不通。

想起白蒿,听听身边铁成微微发出均匀的鼾声,佳佳悄悄起身,退到床下,才穿好衣服。她在灰濛濛的晨光里来到村后凤山脚下,阳坡下的人工河没有一滴水,河床瘦骨嶙峋裸露着。今冬天暖,一场人工细雨,岸上沙土细软处已有了微微的绿意,仔细看,一片白蒿的枯根处,有的透着鹅黄的绿尖,有的已是指甲盖大小的绿芽了。

佳佳蹲下来,看着,似乎心头也有一丝绿芽露头。天空的薄云间有飞机穿过,一会儿,细雨洒下来。佳佳站起身,急急往村里走去。远远地,村头一个人影打着红伞,左顾右盼。佳佳叫了一声铁成。铁成便走过来,像在广州时那样拥住她:"一大早到村后做什么?"

佳佳说:"看白蒿发芽了。雨一过,天晴了,就能采茵陈了。广州的饭店里,一份几十块钱。县城的街头也几块钱一小把。"

铁成笑:"'正月茵陈二月蒿',白蒿芽能吃两个月,接下来,榆钱、槐花又应时了。天一热,桃儿、杏儿也赶上趟⋯⋯"

佳佳"喊"的一声半笑半嗔:"真把我当你家的看园婆了?这

只是个过渡期,慢慢看城里有什么可做,还是要出去的。"

铁成郑重点头:"嗯,刚才你一出门,村西养猪的李哥来叫我快往城里送一趟猪肉,一个来回得了十块钱。他说,要是愿意,这些天就替他跑着。那就——先干着,'过渡期'嘛。"

铁成的学舌把佳佳逗笑了。

一抬头,家到了,娘正站在大门口等他们吃早饭呢。

风过大虎岭

导读: 春风又一次光顾大虎岭,麦又绿了,杏又香了,鸟又唱了。意外的,院子左边的泡桐树上挂了一只脸盆大的蜂窝,蜜蜂像一团黑雾在缭绕。白素婵看着眼前这一切,知道今年要丰收了,这个,她懂!

春风吹过大虎岭,麦苗绿了,哗地一下,杏花也抢着鼓起红艳艳的花苞,像二月二的爆米花,在田间地头一树树炸开,空气里便染了甜香的味道。村落里,这家哪家的枝头,突然有一阵鸟儿的欢唱,欢唱此起彼伏,就成了一首迎春的交响曲。

白素婵被这欢唱搔得心窝颤颤的,望着眼前这片麦田,如在梦里,上百亩的土地,属于自己了,任由自己种花、种树、盖房、打滚、撒欢了。

她靠在路边白色现代轿车上,半眯起眼睛,想象着临着路留一处广场和停车场,然后建一所四面合围五间见方的农家院,青砖黛瓦,朱漆大门。与农村建房不同的是,每一间都设置了独立

的卫生间。

院子左边的田地全种秋葵，右边开一方鱼塘。余下的土地种麦子，全部用村西养殖场的粪肥，麦收后，到村中那家老式电磨上磨成面粉，任何添加剂也没有，自家吃。自从背着五岁的大妮，怀着五个月的男娃儿跟丈夫去南方打工，十年，她就没有尝到过自己家面粉里的那种麦香了。

夏风吹过大虎岭，麦海金浪滚滚，橙黄的杏子在阳光下晃人的眼，新燕也都跟着燕群在辽阔的岭下平原上空盘旋了。白素蝉的梦想也变成了现实。她坐在办公室的老板椅上，用手指点着建议搞"农家乐"餐饮的丈夫，坚定地说："不行，必需装KTV，方圆左近各村的人都富了，在外打工赚到钱的，也在村里盖了新房，不出去了。四乡的人富了也不会经常到咱这儿吃农家饭。他们闲暇时间，除了打牌，都知道跳广场舞健身了。有个唱歌的地方，叫应时而生。知道不？"

"我支持小白的想法。"曾经的老板专门来看他们，"我给你投资。"

老板绰号"铁算盘"，在福建的大海边，一秤鱼一秤虾，买来卖出，赚得第一桶金。然后，做房地产、开工厂、做外贸，他从来没有看走眼过。当年将工厂的劳务全包给白素蝉夫妻，由他们从村里招来工人，领着做工，他也没有看走眼。两个人刚出门打工，先是做食品，用一种化工原料做假"变蛋"，自此二人再也不吃变蛋了。然后再往南做假化妆品，一大澡盆的化学物质混合均匀，内地要什么品牌，就用什么品牌的包装，几块钱的成本，几百块的利润，白素蝉从此不敢再用做过的那些品牌的化妆品。遇到老板，他们有一种遇到伯乐的感觉，勤劳吃苦的优点在他们身上最大限度地发挥出来。老板大赚，他们也大赚。老板说："我很不想让你们走,但是,回老家对于你们来说,发展空间更大。"

麦香弥漫在大虎岭下的原野上,白素婵的馨梦苑 KTV 开业了。她用自己的方式经营着。许多人不理解,曾经唱得音色优美流畅,如原唱一般,再一次换了房间,便磕磕绊绊,声嘶力竭也唱不出曾经的效果。白素婵明白,她只在两间房安了高品质音响。

她知道哪些食品是不能吃的,却专门购进这种食材降低成本,她以为别人都不知道。

来唱歌的人多数都是在别处已七八分醉,边唱边喝啤酒,结账时,都醉得颠三倒四了,她便乘机多算些钱。

这真是个红红火火的夏天啊,白素婵每天都兴奋得唱着歌,数着抽屉里大把的钞票,望着迎门大厅里刚卖掉一批又快要垛到房顶的空饮料瓶,酒窝在她越来越滋润的脸颊上欢快地跳跃。

秋风吹过,秋葵也收了。凉凉的风一吹,杏树纷纷落叶。天冷起来,人也稀稀落落,打了一通又一通电话邀约,都不肯过来。

"这地方太背了,旷野亮地的,前不着村后不着店,谁肯大老远到这里吃烧烤,唱 KTV 呀。"白素婵有些后悔当初的策略,直怪农村人乡气难改,终玩不过城市的洋玩意。

冬天凛冽的寒风一吹,人都蜷缩在屋里取暖。白素婵支起麻将桌,招徕顾客,场地费、点炮踩炸弹的抽份儿竟然不比做烧烤的收入少,客人赌钱的数目越大,她的收入就越多。白素婵的笑声又在馨梦苑回响了。

那晚,雪下得很大。她和几桌打牌人一起被堵在屋里,连夜带到派出所做完笔录,又送到拘留所。她一直以为自己是在梦里,不停地咬手指,希望从梦里醒来。她不停地喃喃自语:"我没有偷没有抢,没有害死人,咋还犯了法?"

她才知道自己勤劳吃苦所做的事,许多都是危害他人的,违

纪、犯法的。

春节，她回到村里，看到人们在家庭 KTV 上唱歌，还有人开车到更远的工业区歌厅娱乐，一阵风般刮过她的馨梦苑，似乎那里依然是一马平川。风将塑料袋刮到大门外聚了一堆，大门里她积的饮料瓶塌下来，滚到院里，到处都是。

"铁算盘"来看了看，摇了摇头："唉，看走眼了。"他将目光投向远处，那里一片新项目做得红红火火，几辆景观风车转得正欢。

春风又一次光顾大虎岭，麦又绿了，杏又香了，鸟又唱了。意外的，院子左边的泡桐树上挂了一只脸盆大的蜂窝，蜜蜂像一团黑雾在缭绕。白素婵看着眼前这一切，知道今年要丰收了，这个，她懂！

构子姑娘

导读：桂真读："'就是到了生活已经无法忍受的时候，也要善于生活下去，要竭尽全力，使生命变得有益于人民……'(《钢铁是怎样炼成的》)哎哟，快扯腿，抽筋了。"

构子给桂真捋腿，自己也叫起来，长腿伸出来："抽筋，疼，快来帮'人民'。"

初冬的阳光，苍苍凉凉。

驻村的第一顿午饭，桂真拿着发的硌篓（特大的碗）和一双筷子,在集体食堂吃玉米粥。长长的队伍后面,一个十八九岁的长辫子姑娘婷婷袅袅走来,往人堆一站,高出半个头。

长队里的男青年起了一丝骚动,有人问:"构子,你娘哩?"

构子姑娘红了脸,从她记事起,娘不是挺着肚子正在孕育中,就是刚生了孩子正在哺乳,构子已经有了六个弟妹。

姊妹兄弟多,是构子的苦难。穿衣、吃饭都靠在她身上。而构子总是有办法,她夏天能在杨树林抓到蝉,秋天能抓到蚂蚱,用草串起来,烧得香喷喷的。冬天,她会挖草根,捡过路候鸟的粪便,在山腰小庙的墙上抠出墙泥里的谷糠……

构子只上到小学二年级,可是她美丽的大眼睛里,满满的,深深的,全是聪慧。桂真很喜欢构子,构子也喜欢跟城里来的女干部搭班做农活。

腊月初三晚上,小队里的高音喇叭嗞嗞啦啦一阵,苟队长通知调来了一车煤,卸在了村西头的土坡下,要马上运回食堂。

队长点了六七个男女青年的名,其中有桂真,也有构子。桂真担起箩筐往村西头走,听到背后传来细碎的脚步声,接着衣袋一动,她用手一摸,是一块糠饼子。

"别吭,快吃。"

哦,是构子姑娘。桂真闻得见她身上一股花儿初绽的馨香。

桂真后来才知道,糠饼是构子用自家枕头里装的秕谷糠搀榆树皮做的。构子真能想出办法来!正是这块饼,支撑桂真往返两趟,担回了四筐烧煤。第三次再去担时,构子把桂真堵在了食堂门口:"真姐,别去了,我们一人多装一锹就完了!"

完成任务已是深夜。桂真和构子相跟着,一起往回走,她的腿又酸又软,小腹胀疼,是月信的征兆,但因为营养不良,三个月没有见红了。她悄悄问构子的状况。

没有星星,也没有月亮,看不清构子脸色,也没听清她嘴里喃喃两声什么。这和构子平时的快人快语判若两人。

冬天寒冷漫长,构子过来和桂真做伴。

桂真就着小油灯看书,构子偎在床的另一头,给弟妹们做鞋,她把桂真的脚抱在怀里,暖流从脚尖流过心田。构子个子高腿长,被子盖不住,桂真抓过棉衣包在她脚上,学着村人笑:"个子高不算富,格外多穿二尺布。"构子无奈又豁达地跟着笑。

隔一会儿,她就央求:"给我读读,那书上都写些什么?"

桂真读:"'就是到了生活已经无法忍受的时候,也要善于生活下去,要竭尽全力,使生命变得有益于人民……'(《钢铁是怎样炼成的》)哎哟,快扯腿,抽筋了。"

构子给桂真捋腿,自己也叫起来,长腿伸出来:"抽筋,疼,快来帮帮'人民'。"

工作队撤离时,构子站在村人中间,低头不语。车发动了,她才追上来,搂过桂真的脖子,在她耳边说:"我没来过例假,没有……"

桂真愕然,二十岁,身材纤长、如花怒放的构子姑娘啊!

桂真想细细问她,但车已发动,一股烟尘,驰回地委。不久她调到省城,编写书籍,再也没有时间回到构子的村庄。

桂真接到苟队长报信,跟着她赶回村里,已经是半夜了。构子住的西屋里点着豆大的油灯,昏黄的光下,构子闭眼沉睡着,瘦得只剩一把骨头了。众人唤醒她,她没有睁眼,嘴唇动了动,用手使劲抓挠着胸口。

桂真轻声问:"她这是什么病呀?"

二大娘拽拽她的衣角,哽咽说:"啥病也没有,饿的。她把自己的口粮省下来给弟妹们了,她……"

第二天,桂真来到县城,在一个僻静的街角,用攒下的粮票换来十斤白面、十个鸡蛋,托人捎回村里。

稀稀的蛋花面汤一勺勺流进构子嘴里,两天后,她醒过来了。没有见到桂真,构子很遗憾。她让弟弟把剩下的鸡蛋和白面包起来,辗转托了好几个人,捎回省城,还给桂真。那年月,面粉鸡蛋比金子还珍贵呀。

不知是生活先好起来,还是构子先嫁人,她生了三个闺女,个头都是平平常常。让人惊喜的是最小的外孙女韩贝出落得跟外婆当年一模一样,十九岁那年,她考上省城高校模特班,常出现在刊物封面上。桂真偶尔看到了,觉得跟构子像,思念起来。一转头,就又忘了,她已是八十岁老人了。

磨倌心

导读: 两天两夜,老何骑着那儿马得得得地从东官道优哉游哉回来了。人们惊喜得不得了,老何跳下马,猛喝了碗水,才说:"娘的,日本人都被打跑了,还反了这日本的小儿马了!"

城壕北角儿一棵老桑树,一棵大皂角树。两棵树隔官道站着,桑树后是马王庙,皂角树下是崔大户家的磨房屋。

老何是个独身无挂的外村人,给崔家当磨倌多年了。五十多岁的人,牙掉了左边的两颗,说话跑风,还轻声细气的,再加上是个小个子,赶集跑庙会时,外乡人多把他当作老婆子。

老何磨面时,一边赶着牲口在磨道里转,一边敲着节拍唱大调曲子:"高文举中状元名扬天下,游三宫和六院帽插金花,你看我为官人威风多大,思姑爹和姑母不能还家啊……"

一听老何唱戏,一帮年轻人就围在村边皂角树下打趣他"娘娘腔"。老何也不恼,跟着呵呵乐。那年东家牵回一匹未挂笼头的儿马,拴在皂角树上,刨踢喷鼻,没人敢近身。人说这儿马的爹娘都是日寇的军马,性子烈着呢。

老何偏不服,勒紧裤带,抓住缰绳,一纵身就上了马,马尥了会儿蹶子,奔东一路烟尘跑没影了,人们都惋惜老何一条老命搭给儿马了。两天两夜,老何骑着那儿马得得得地从东官道优哉游哉回来了。人们惊喜得不得了,老何跳下马,猛喝了碗水,才说:"娘的,日本人都被打跑了,还反了这日本的小儿马了!"

对面马王庙的廊下,摆着一个纸烟摊。下雨的时候,全村的雨水都往官道流,路就变成了河。一次雨后,一位年轻人叹气说:"想抽纸烟,就是不愿蹚水。"

"不愿蹚水,就跳过去。"刚卸完牲口的老何走过来,顺口接腔。

"我跳过去,你掏钱,买两包烟,咱一人一盒。"小伙子逗老何。

"好!"

小伙子退后几步,一段助跑,"噌"的一声,跳过去了!

"老何,掏钱。老何,掏钱。"大家起哄。

"这么容易?"老何心疼钱,后悔起来,"早知道,我跳过去,你给我买两包烟。"

"容易?你跳!"小伙子拧着脖子跟老何较劲了。

"跳就跳。叫你娃子看看。"老何甩了汗褂,往手里吐了两口唾沫,站起身。还没等人们明白过来,也是退后、助跑、起跳——过去了,闪了几下,站稳了。

那小伙子看看成了平手,到手的烟没了,白了脸,要争辩。老何拍拍他的肩膀,从裤腰里摸出小布包,抽出几张纸钞,递给货郎:"来两盒'蝴蝶'。"

老何把烟扔到小伙子怀里,乐呵呵地说:"抽,叫大家都抽抽。"他自己不抽,走下石阶,哗哗地蹚着水,悠然地牵牲口去了。远远甩过来一句:"高文举中状元名扬天下……"

那年忙过了秋收,村里来了一个三十多岁的俏媳妇,那身条儿,那模样,看得村里人都直了眼。老何闻讯赶过来,领着小媳妇回了屋。"咦"——人们异口同声,啥味道都有。

有人打听到这俏媳妇是老何用两石麦子钱换来的,两石麦子,是老何多少年的工钱呀!

冬日漫长,东家夜夜磨面,供应给城里的粮铺。老何赶着牲口在磨道转呀转,就是回不了家。那唱腔就失去了往日的淡定,还改了词儿:"……思奴家想奴家不能还家……"

人们都笑他:"想媳妇了!"

他也不恼,只是和善地笑,就等年跟前回家团聚。

但是,老何的愿望很快就破灭了。

老家有人捎信来说,俏媳妇跑了。

村里的男人赶来安慰:"那样水色的女子,就是卧不住窝的鸽子,飞就飞吧,只是没能让她留个蛋。"

"早跑得好。越跟你时间长,越坑你坑得苦。"

老何盯着带回来的花布包,掉着泪说:"她不是那种人呀,家里东西一点不少,她过门做的几件衣服,都在这里,连她养的鸡下的蛋都攒在窑窝里……"

村里几个见多识广的老婆子来了,后面跟着一个娃子,扛着一个麦秸扎的草人。

一个老婆子把盛满清水的碗放在小桌上,交给老何三支明晃晃的纳鞋大针,说:"你有她穿过的衣服,给这麦草人穿上,这就是她了。每天日头将出来时,用清水洗针,叫着她的名字,往她心口扎,你这边扎,她那边疼,七七四十九天,就把她召回来了。"

另一位年龄更大的老人说:"这法子可灵了,我娘家出了这种女人,就是用这法子把她扎回来的。多少年后,她心口还留着一片针眼呢。"

老何的眼睛更红了,他望着远山顶上飘来的白云问:"我一扎,她真的会疼吗?"

"会的。"老婆子们异口同声。

又过了一晚,人们发现,那麦草人被老何拆散扔在屋后,衣裳叠得齐整整放在床头。老何瘫在床上,再也起不来了。

一个月后,老何去世了,村人把他埋在皂角树下,那一叠女人衣服放在他的脚边上。

村里人常说老何活得不值。可村里的女子长大了,谈婚论嫁时,总说:"只要他像老何那样心好就行。"

嫁 女

导读：门口一个比自己大不了多少的高个子男人给一群孩子发红包。他凑近些,看到男人胸前别着"新郎"。有这么老的新郎？他又凑近些看,那男人就随手也递一个红包给他。他推让,举起烟说："我抽烟呢。"男人又塞给他一包烟。

李二妞一直叫他大伯,其实她是大伯的养女,该叫爸。李二妞叫他大伯也一点没错,她是他的侄女,是他弟弟的二女儿,因他半辈子没娶,过继给他了。

明天就是李二妞的婚期。昨晚大伯从乡下赶来,准女婿安排他和二妞一人一套,住在洛阳最高、最贵的酒店里。

昨晚一夜没睡好,天刚麻麻亮,大伯就起来站到阳台上,点起一支烟。他抖抖袖子,二妞买这西装穿身上哪儿都不舒服。

从窗口望下去,城市还在沉睡。大伯习惯地在沙发边蹲下来,就咂摸着让女儿从酒店出嫁,不是个滋味。可女儿女婿都说大城市就兴这,从酒店接二妞到新房,行了礼,然后还在这个酒店吃酒席。

说起吃酒席,大伯也别扭。打小儿起,村里谁家娶媳妇儿,都是全村总动员。两天前男人们有人帮着一家家借八仙桌和板凳,有人担水烧水,有人杀猪洗肉……女人们有择菜剥蒜的,有揉面做桃形圆馍的,有用筷子把小面块儿夹成各种花形下油锅的……

那把肉一块块碎了,分派用场的必然是厨子了。

厨子先指派助手把猪头猪脚上的毛用烙铁烫净,炖到黏稠,做成皮冻。再把拆好的肉一块块下到一只直径一米的大铁锅里,架了硬劈柴煮。一边又指挥助手把五花肉剁了肉馅,他亲自拌了料。这边开始炸丸子、酥肉、豆腐,那边有人拿漏斗撑开大肠把肉馅灌进去,做成灌肠。放到大铁锅里煮。整个村子,都弥漫着喜庆的肉香。

煮肉的人要熬夜看火,一直到肉都烂熟。厨子再一块块把方肉抹上酱红烧。到了迎娶的头天晚上,一应的东西都齐备了。从城里请的响器班鼓乐就吹打起来了。

帮忙的男男女女兴奋着,这是他们得以聚会,展示手艺,打趣骂俏的好机会。

村里的孩子们兴奋着,家里去帮忙的大人每顿都有一碗肉菜和两只白馍,都是错一错别人的眼皮,就端回家来,老人孩子一人一口全尝了荤腥。

小孩子们爱在人堆里钻来钻去,冷不防会有自家爹娘把一块炸油花,或者一小块酥肉塞到小嘴里,示意他不要作声。

村里的几条狗也爱在你堆里钻来钻去,指不定就有谁不小心滑落在地的肉星儿被它们捡着。

大伯的父亲是烧火的,每次都早早劈了干柴,一锅锅地烧。除了吃几顿肉菜外,他还可以得一个几毛钱的红包,外带两碗剩菜——他是出了力的。大伯跟在父亲后面不怕吃苦,父亲去世后,他就接了这个差。

大伯烧火给两个弟弟娶了媳妇,给村子里一家家办着喜事,偏自己耽误了成婚的年龄。

二妞儿上学,都是大伯挣的血汗钱。他不想让二妞上大学,怕她不回去，又剩下他孤独一个。可二妞心志坚定，真考上了。大伯咬咬牙，没委屈她一点。大学四年，没让她过得比城里人差。二妞在市里工作了，又要在市里结婚了，大伯跟做梦似的。看看住这神仙殿堂，多荣耀。可就是没有村子里吃水席的热闹。

  早饭是女婿的朋友来招呼他去餐厅吃的。才回房间没一会儿，二妞在女婿挽扶下过来了，二人对着他拜了一拜，前呼后拥地出门上花车了。女婿是见过好几面了，二妞说好，大伯却不知道好不好，想叮嘱两句，也没跟上。

  中午坐在酒宴上，他跟两亲家坐一起。亲家也是实在人，他能看出来，才放了心到肚子里。等司仪把他们请上台，问了些啥他也听不清了，想说啥呢，早忘到九霄云外了。就是觉得新鲜，有气派，别让自己这乡下人拙嘴笨腮地弄砸了锅。

  终于等到都坐下来吃饭了。大伯才看清端盘上菜的都是清一色着红夹袄的大姑娘。村子里，可都是跟女婿一拨儿大的精干小伙子帮着端盘子。端到最后，一帮小伙凑一桌，吃喝一顿，完了，再让新娘子一个个来点烟道谢。

  大伯去上卫生间，回头拐了一个弯，就从小门到了街上。他抽支烟透透气，看到前面也是一个酒店，门口地上也是一地彩纸屑。门口一个比自己大不了多少的高个子男人给一群孩子发红包。他凑近些，看到男人胸前别着"新郎"。有这么老的新郎？他又凑近些看，那男人就随手也递一个红包给他。他推让，举起烟说："我抽烟呢。"男人又塞给他一包烟。女儿已换掉白婚纱，穿着红缎旗袍拉着女婿跑出来："哎呀，大伯，你咋跑这儿了，让人好找。丢了可不得了。"

  大伯指着那男人说："看，真奇怪。"

  二妞说："横幅不是写着'金婚'纪念？人家结婚五十年了！"

大伯点头,打开红包,里面是五十块,他又稀奇:"城市里还有这好事!"

桃花三姆

导读:三姆有桃树一样结实的腰身,皮肤被田地里的阳光晒得黢黑,一双大眼睛却格外清澈明亮,像院里拴着的那头漂亮母牛的眼睛一样,闪着温顺良善的光芒。

三姆的娘家在离城五里的云梦村,云梦村有闻名乡里的百亩桃园,她有个好听名字叫桃花。可是,自从她嫁给了胡村的胡三伯,又相继生下了大健、二健两个儿子,人们就忘了她还有个那么美的名字,只知道她叫"三姆"了。

三姆有桃树一样结实的腰身,皮肤被田地里的阳光晒得黢黑,一双大眼睛却格外清澈明亮,像院里拴着的那头漂亮母牛的眼睛一样,闪着温顺良善的光芒。

小男孩顽皮,爬墙上树的,不停惹祸。村里,不是这家女人尖着嗓门吵孩子,就是那家孩子被娘追打得满街跑。三姆从来不对儿子们起高腔,下地一天,回来做饭打发一家人吃了,大健却吵着要去外婆家,她便背了大健,哼着小曲走娘家。

村妇们迎面碰上,拖长了腔调:"哎哟,他三姆,你也太惯着孩子了。"

大健二健都这么在三姆背上走过两村之间的山路,度过温馨幸福的童年,到城里读书去了。云梦村里,三姆的母亲却病倒了。三姆有三个哥哥,二哥三哥都在外工作,大哥做生意赔了钱,躲到外地去了。她二话没说,一天三顿饭在胡村做了,送到云梦给卧床的母亲。

三伯看不过她的辛苦,把丈母娘接到自己家,一住三年。老人将要闭眼时,交代送自己回云梦村。三姆看着娘溘然长逝,哭得死去活来,却不曾埋怨哥哥们一句。三嫂过意不去:"都是我们不好,让你一个人辛苦。"

她忙反过来安慰嫂子:"别多想,我伺候娘,我喜欢。"

大哥躲债时间一长,大嫂带着女儿跟别的男人走了,留下一个五六岁的小子。三姆跟三伯一商量,把侄子接到胡村,像背大健、二健一样,把侄子背来背去,一直到他也考上了城里的初中。大哥回来探亲,要带着儿子离开。三姆详细地交代侄子的生活习惯,千叮咛,万嘱咐,要他一定好好待侄儿。临别时,孩子哭着不舍得松她的手,村里妇人们都看得掉两行泪。

三姆清静地养了两年牛,刚刚有了些积蓄,大健考上大学,那点钱一次就花尽了。三姆脸上没有一丝愁容,她稳稳地对儿子说:"上学去吧,咱有钱,家里有钱。"却悄悄找人贷款,为儿子准备好下一学期的费用。她打发三伯去打短工,自己喂着牛,又接手一个城里人寄养的小婴儿。小婴儿在三姆怀里长大,叫三姆"姆妈",就是不认城里的亲娘,她一抱就哭。女人无奈,只好住在三姆家,晚上和孩子、三姆一起睡,直到慢慢地,孩子默认了她,才带着孩子回城上幼儿园。

大健大学毕业,分配在市里,不久娶了一个城市女子做妻子。三姆总是把儿子捎回来的钱悄悄塞回去,坚定地说:"家里有钱。你过好自己的,别操心我们。"几年后,大健家的儿子淘气翻

出了三姆藏着的票据,大健才知道,母亲刚刚还完了供他上大学的贷款!

三姆婆婆的老年痴呆突然加重了,身边一没人看着,她就脱光了衣服,到处跑,吃喝都得人喂。轮到三姆照顾的那个月,她总是照着城里的习惯给婆婆洗澡、换衣,小心侍奉,直到两年后,婆婆毫无痛苦地离开人世。

村里人全都说三姆是个好人,"功德圆满"了,该歇歇了。

可三姆又得出门了。大健家又生个小妮子!媳妇是独生女,爸早去世了,妈生病卧床,需要人照顾。这年头,保姆难找呀!三姆依依不舍地扯着二健女儿的手,在院里转,摸摸新买的牛犊,浇浇刚种下的蔬菜……三伯无奈地叹气。三姆跟三伯商量,让他辞了短工,在家带孙女,自己到城里带另一个孙女。

三姆说:"你一得了空,就去城里找我吧。能常见着。"

村里人说:"他三姆,你不会打算,自己养两头牛,一年也收入一两万。把孙儿抱大了,自己又是净身一人回来了。"

在院里又转一圈,三姆对三伯说:"咱不帮孩子们,自己去挣钱有什么用?我去照看着亲家母和大孙子,让俩孩儿安心上班。是这理不?"

"嗯哪。"三伯仰脸望着三姆,眼光热辣辣的。三姆的脸就发烫,烧成一朵桃花。

第四辑 梦幻境

聚宝盆

导读：他取出那张钱，盆底上隐隐又出现一张，越来越清晰，最后，又变成了一张真真切切的百元钞票。

毅取出那张钞票，又一张出来了。他就那样不停地取呀取呀，天亮时，皮箱已经装得满满的。毅累得喘不过气，数了数，五千二百万！

毅站在沈厅的廊子上往外看去，夜色迷濛，雨丝如纱。远近店铺门前的红纱灯都亮起来了，夜便更加朦胧，诱人遐思。

透过对面多宝斋的木格橱窗，看到那一面壁上，错落着大大小小的极精致的聚宝盆。会不会像倪匡的科幻小说里那样，哪一只聚宝盆在制造的过程中一个机缘巧合，融进了护城河泥中破碎了的聚宝盆的残片，具有了聚宝盆的复制功能呢？毅这样想着，慢慢走进多宝斋，一只只审视那些聚宝盆。身着月白旗袍的江南女子走过来，吴侬软语："先生，带一只回去吧，保佑您财源滚滚达三江！"

"真的吗？"毅兴致好起来，笑着调侃。

"真的。"江南女子莞尔一笑，并神秘地一挤右眼。她大概也被这位来自北方，身材挺拔又温文尔雅的帅哥打动了芳心。

毅研究生毕业，全省统招进了市政府做公务员，是中原古都女子乘龙快婿的不二人选。但是，每次恋爱到了登门拜见未来岳父母的关口,都被卡住了。他来自农村,一个人在市里工作,租房而居,要想靠工资买到一套住房,不要等到猴年马月了。世风如此,毅只能徒叹奈何。

"有只聚宝盆就好了。"毅想,不觉说出了口。江南女子微微一笑,纤纤素手把一只不大不小的聚宝盆捧到毅的面前。毅看到盆底,一张真真的百元钞票。

毅看了一下价格,点头:"就这只吧。"

江南女子又是一笑,打包的时候,取走了那张百元钞。

毅见状,也笑了:哪有那么好的事!

可是,好事真的发生了。毅在自己的睡房拆开包装,想把晚上品小吃找回的硬币放到聚宝盆里面,竟然发现那张百元钞还在!

他取出那张钱,盆底上隐隐又出现一张,越来越清晰,最后,又变成了一张真正切切的百元钞票。

毅取出那张钞票,又一张出来了。他就那样不停地取呀取呀,天亮时,皮箱已经装得满满的。毅累得喘不过气,数了数,五千二百万!

他把皮箱放到床下,不动声色地跟着旅行队伍。微博上一则消息说一家投资担保公司老总携五千二百万资金外逃,那些钱都是老年居民一生的积蓄,有人存了几百万,有人存十多万……一群老人穿着"还我血汗"的T恤衫,跪在大街上,痛不欲生!

五千二百万,是巧合吧?毅想。心中一直沉甸甸的,一路的好风光也无心观看。晚上他悄悄买了一只大旅行箱,回到住处,便关上房门,取出聚宝盆。一张百元大钞正诱惑地躺在盆底,于是,毅又开始取钞,一直辛苦到天亮。他几次累得想停下来的时候,都禁不住一张张取钞票的快感,拼命地干着。尽管他因为那笔钱数的巧合而心生疑惑,但又祈祷侥幸。

第二天,他收拾好这笔钱,五千三百万!然后,他马上点开手机腾讯新闻,第一时间看到西北发生了大地震,同胞纷纷解囊相助,有一笔捐款却下落不明,钱数正好是五千三百万!

第三天晚上……

毅不得不承认自己的每一笔巨款都与一场人类惊心动魄的罪恶息息相关!

他找了个借口悄悄离开旅游团队,分别在十几座一线城市购买了豪华别墅和高级轿车,美女纷纷投怀送抱,只要他愿意,他可以用十几个户口和十几位不同年龄不同肤色不同身份的美女结婚,愿意要多少孩子都报得起户口、养得起。

为了不引起注意,他在工作的中原古都依然租房而居,低调地上班,低调地谈恋爱。他悄悄在北京三环租了一间一居室的民房来放他的聚宝盆和钱钞,周末,悄悄地一张机票飞过去,搬张小凳子坐在码满钱的屋里,他像发疟疾一般,一会儿冷一会儿热:超级享受与良心拷问轮番折磨着他——他知道每一笔钱的到来,都意味着一场"掠夺"!

一直到他看到报纸上一名白血病患者因家属丢失了救命的十万元而丧生,看到电视上一位农民工讨不回一年的血汗而跳楼殒命……他再也坐不住了。

他又一次悄悄来到周庄,来到多宝斋,把聚宝盆递到那位江南女子手上,女子又是那样莞尔一笑,一甩手,把聚宝盆扔到沈万三水下墓的水池中,池水荡漾,金银浮动……

毅舒了一口长气,发现自己竟伏在桌上睡着了,手心额头都是冷汗。他忙找出聚宝盆打开包装。盆底哪有百元大钞,只有一张那江南女子的名片。

窗外,灯火已阑珊,一笼烟雨中的周庄美若画卷!

梦 雪

导读：老狄摇摇头："那我使劲梦，梦来一场大雪。"

正月将尽的时候，下雪了。贝贝从家里跑出来，满院子跑着："狄爷爷，雪来了，是不是你小时候的雪？"

暖冬，风少，阳光充足。

小区的空地上常有人搬了凳子晒太阳。老狄从人大退休后就加入了这个队伍。

五岁的小男孩贝贝对着半闭了眼陷入沉思的老人产生了兴趣，他问："你睡着了吗？"

老狄便把思绪拉回现实，他和蔼地问："你知道有时候梦会变成真的吗？"

小男孩说："圣诞节时，我梦见收到好多好多礼物，第二天就看到我最想要的一套奥特曼放在枕头边上，还有我最喜欢吃的巧克力。你梦见什么了？"

老狄呵呵笑了："我小时候也喜欢做梦，那时候的天呀，比现在冷多了，冬天都会下几场大雪，人们说：'麦盖三层被，枕着蒸馍睡。'下了雪，麦子才有好收成。"

小男孩感兴趣地蹲下来，老狄便接着说。

狄村，每年雪都下得大，村里村外一片白茫茫的世界。狄小五跟贝贝一样都是五岁，他穿着光筒子黑粗布棉袄棉裤，抽着鼻

子，望着院里刨抓雪地的麻雀，鸟儿饿极了。人不停地长个，也饿。饿极了，便折屋檐下悬垂着的冰棱柱子吃，上学下学的路上吃得咯嘣响。到了半夜，母亲的脚一碰小五，便叫起来："我的小祖宗呀，身上烧得像火炭。"

母亲便用纱布包了捣碎的葱姜，在小五身上揉搓，然后给他盖上被子捂汗。

小五突然来到一个从来也没到过的地方。两层的楼房，红砖红瓦玻璃窗，门好宽好大呀，四扇红色木门敞开着，小五就走了进去。里面是一个个玻璃柜台，柜台里摆放着他见也没见过的精美商品。这一排玲珑的小盒子中，有一只写着"美加净"的小瓶子，小五在村主任儿媳的窗台上看到过。那边一排是各种小巧的手表，村子里的大姑娘定亲时才会由婆家送一只手表做聘礼，而这手表要留着给家里的兄弟订婚时，再转送到另一家姑娘手上，转来转去，不知道哪家姑娘有福气戴得这一块手表。小五看了看，又转到摆着一盒盒香烟的柜台，黄金叶、大前门……父亲从来不抽这种两毛钱一盒的烟，嫌贵。他总是在集上称了金灿灿的烟叶子，回家细细揉成末，把两面写满字的本子裁成长条，自己卷烟卷，有滋有味地往肚里吸。鞋柜里摆着解放鞋、胶鞋、塑料底布鞋、皮鞋，每一双都比母亲的百纳鞋好看。转过弯，是一道水泥楼梯，小心翼翼地扶着木扶手爬上去，二楼是一排排花花绿绿的布匹，一格格叠放整齐的成衣。

文具柜里放着橡皮、文具盒、小刀、铅笔……那只铁文具盒上印着南京长江大桥，旁边的卷笔刀是一只青蛙，小五蹲到无人的柜台里，把文具盒拿到眼前细细看，打开关上，不停地把玩着。这时天黑下来，小五想起自己该回家了，但是他顺楼梯下来，却找不到进来的门口。

小五害怕地大声哭喊，也没人应声。最后，他蜷在一个角落里睡着了。当阳光从窗户照进来时，小五醒来，他知道自己被关在了大门里，他不明白自己这是在什么地方，也不清楚自己能否出去，他害怕地用小手指抠抓门缝。

门打开了。一只手伸进来抓他，他夺门而出飞奔起来，跑出一身大汗，忽悠一下子就醒来了。原来在自己家的床上，一身的汗还在。

母亲问他身上好了点吗？他嗫嚅道："嘴里苦，想吃糖。"

母亲叹口气："你真是做梦。"便把一碗煮红薯水端给他。

十八岁那年，狄小五参军了。新兵在县城集合，每个人发了几套衣服。连长教他们要把衬衣衬裤穿在棉衣里。前来欢送的县领导说："咱们县城唯一的百货楼已经建成了，明天一定要开门营业，让咱们的子弟兵参观完百货楼再到边疆去。"

那天，新兵排着队来到县城唯一的二层楼前，四扇红木门，门上挂着"百货楼"匾额。楼里的布局和小五梦里的情景一模一样。小五梦游一般又看了一遍十多年前梦里到过的地方，跟着队伍到边疆去了。他在部队梦到家乡一天一个样子，便转业回来了。

五岁的小贝贝大声说："是时光隧道，小五有特异功能。他能再一次穿越，把那时的雪搬到这里吗？今年我们这里一冬都没下雪，如果真的不下雪了，我们也要像南方那样，在公园建一个人工雪游乐宫吗？"

老狄摇摇头："那我使劲梦，梦来一场大雪。"

正月将尽的时候，下雪了。贝贝从家里跑出来，满院子跑着："狄爷爷，雪来了，是不是你小时候的雪？"

潜　伏

导读："革命"这个词是它从李二爷常去的三里屯那间小屋的门缝里听到的。每一次李二爷从那里出来，都像是被重新注入了生机与活力，兴奋着，期待着，似乎哪天轰然一声就成了顶天立地的英雄。

进财迈着方步，在肉铺门口转悠，李二爷眉头皱起，厌恶地冲它骂："狗东西"。

进财只是乜斜了一下眼，它看不起这个李二爷，它觉得只有自己的主人崔占魁才配称二爷——他在怀吉堡成立县保安队，做了保安队长，称霸一方。

进财用它的狗脑瓜想不通，李秉仁只不过是个手艺人。打铁、做豆腐，四乡八堡串了几年，年轻轻的，在西大街开了一间生肉铺。因在族中行二，人们竟也称他二爷。

进财根本没想到李二爷会手起刀落，砍下一块肉，慷慨扔来。它敏捷跃起，叼起肉，狂喜不已，撒疯般跑去。

进财狗鼻子里哼出鄙夷：什么硬汉，见了我也不过如此。于是，吃完又回来打转。李二爷吼上一声，它笑笑，不肯去，再吼，它更仰了头笑，不肯去。

李二爷刹那间愤怒了，挥刀砍去，进财猝不及防，后腿嘎地应声而断。它连滚带爬吱呜叫着逃出堡去，成了在城墙外转悠的流浪狗。

进财看到李二爷担着肉担子出城来是半个月后。二爷的右腿也有些跛,那是被保安队打的。

他打了崔二爷的狗时,崔二爷抽着烟袋,连汗毛也没动一下。他接连三次打了崔二爷的狗腿子,问他为何打人?

——我不赊账。

那么一帮狗腿子就将李二爷捆成肉团打,打完再问,依然那句:——我不赊账。

直到最后,他仍是一句:"我不赊账。"

进财狗心叹服:李二爷竟然没被打死,他是唯一一个到底也没改口的人,也是唯一直立着从保安队走出来的人。它远远地尾随着他,看他走村串寨。

"革命"这个词是它从李二爷常去的三里屯那间小屋的门缝里听到的。每一次李二爷从那里出来,都像是被重新注入了生机与活力,兴奋着,期待着,似乎哪天轰然一声就成了顶天立地的英雄。

李二爷的生活并没有发生变化,至少在进财的狗眼里,他反而稳重了,言辞也平和了。

进财发现从没见过的人在集市上跟二爷说几句话,便把担着的衣物交给他。他则担起衣物,一直向南,向南,一走就是一个月。当他再次出现在进财视野里,依然是个串乡的手艺人。

李二爷如此向南两次后,又担着他的担子向北走去。进财追上大虎岭,看着李二爷一直向西向北,走没影了。雪花从天上飘下来,落在进财的狗鼻子上,它吓一跳,跑回城墙根儿的草窝子里。

大地回春,进财正倚着坡上一棵桃树睡在春阳里,忽然闻到一股馋人的羊膻味儿,夹杂一股熟悉的男人气息。一睁眼,是李

二爷站在桃林边，正对着太阳无声地出着长气。在它的狗心眼里，李二爷血液中鼓荡的男人建功立业的激情，被深深压抑着。

扁担队在麦收时暴动了，接着解放的炮火轰塌了城墙，崔占魁带着保安队跑进五龙沟。

李二爷没有参加堡里的农会去斗地主、分田地，而是悄悄寻着崔占魁的脚印，追上了山。

李二爷做了崔占魁的警卫，换了行头，配了枪支，英气勃勃。

躲在暗处的进财摇摇狗头，觉得他像自己一样成了一只狗。

它看到他脸上有些兴奋，一瞬间，那兴奋就消失了。他把枪掂了掂，又无限失落地把枪轻轻放回去。

进财发现李二爷真变成狗了，他总要像它那样，在撒尿时，往树上做记号。

进财看到李二爷跟在少爷崔家昌后面转，像当年自己追随少主人一样。他满狗心都是不屑：呸，狗东西！

李二爷似乎听到空气里的骂声，四下寻望着，眼神充满难以抑制的痛苦。

山里的物质越来越匮乏，那些被挟裹上山的土匪陆续逃下山去。李二爷却越发谦卑，恭顺，还不争气地跟土匪中最下层、最窝囊之辈厮混在一起。

深秋了，冷风袭人。崔二爷接到大哥与解放军作战阵亡的消息，留下李二爷作陪，喝酒解愁。二人都醉了，倒在一个坑上酣睡。第二天，崔家昌带着人叫醒了李二爷，他爹崔二爷却再也醒不过来，他醉死了。

进财总是远远守在李二爷窗外，思索着那些用狗脑瓜永远也想不明白的事。

崔家昌联合洛阳土匪，反攻怀吉堡，得到准确情报的县大队和正规军设下布袋阵。崔家昌发现中计,回头一枪,打死了李二爷。崔家昌在混战中被击毙,众匪投诚。

偶然有人提起李二爷,大家都说他当年在五龙山里很风光,是崔占魁的得力警卫。

多年后汝河暴涨,冲毁了埋崔占魁的小河岗。老得走不动的进财,匍匐前行,趁人不备叼起崔占魁的头骨。人们惊呼着:那颗头盖骨上竟钉着一颗中指长的洋铁钉——这才是他的真正死因。

而有机会做这事的,只有李二爷!

大　黄

导读:她低调,是因为怕吵嚷引来人们的训斥。她很聪明,知道景区游客如织,人来人往,不需要她用吠叫警示人们不许走进禁地。她知道,如果自己引起人们的惊慌害怕,必然被厌恶,招来的就是再一次被遗弃。

大黄是一条母狗,一条漂亮的有狼狗血统的黄毛的母狗。她很年轻,不足三岁。她很低调,悄无声息地或坐或卧在西泰山游客服务中心大门一侧,由于太安静了,人们往往忽略她的存在。

她低调,是因为怕吵嚷引来人们的训斥。她很聪明,知道景区游客如织, 人来人往, 不需要她用吠叫警示人们不许走进禁地。她知道,如果自己引起人们的惊慌害怕,必然被厌恶,招来的就是再一次被遗弃。

遗弃她的第一个主人，她已记不清他的样子。但她永远记得两年前，她在景区里徜徉，看什么都是新鲜的。等她饿了，才发现找不到主人了。她在景区流浪，无依无靠，不知该去向哪里。

第一个给她带食物的阿硕把一块肉骨头扔给她，她矜持地靠近，嗅了嗅，久违的肉香让她差一点流出口水。她抬起头，看阿硕的反应。阿硕没有大声呵斥，也没有捡起石块打她。确认安全后，她一口叼起肉骨头，跑到一个角落啃了起来。阿硕见她接受了好意，跟过来，把塑料袋里的一堆骨头全倒给她。她见他多天了，他观察她，她也观察他，他发现她是一条聪明又漂亮的母狗，她也发现他是一个善良可信的人。

大黄吃着骨头，愉快、感动得呜呜低吟，从此便认定阿硕为她的主人，跟随他的左右。阿硕在游客服务中心工作，住在情侣谷口的一号宾馆，中间隔着风情小镇，有五、六华里的路程。每天，大黄一早跟着阿硕步行去工作地，天黑以后，阿硕步行回住处，大黄就跟他到住处，卧在他房间门口，两个单身的生命静静地相守着。

大黄很快不单身了，她怀孕了，刚刚开春，风情小镇的公狗嗅到她春情勃发的信息，都围在游服中心驱赶不散。哪一个是她孩子的父亲，阿硕竟没发现。

阿硕也不孤独了，他恋爱了，女孩洛阳市里工作。不能经常见面，网络成了维系他们感情的纽带，大黄是他们谈不厌的话题。大黄生下三个孩子时，阿硕的母亲来了，在游服中心开了一间精品屋。她的生活十分简朴，但却奢侈地给大黄买火腿肠补充营养。大黄和孩子们就不跟着阿硕跑来跑去，而是固定地守在精品屋前。

大黄在景区快乐地生活着,大家都把她和她的孩子当作景区的一分子。因为大家都对她好,她对所有来景区的人都友好和善。即使她的孩子被抱走两个,只剩下一只公狗,她也没有不开心过。大家给她的儿子取名二黄。二黄很快长得个头和大黄一般高了,跟在工程部的工人后面天天去工地,大黄管束不了长大的儿子了。

有一天,阿硕妈发现大黄趴在地上不动,叫她,只是抬头看看,喂她食物也不吃。上去拉她起来,她站一下,又倒下去,一条后腿耷拉着,上面的毛脱了一圈,像是从绳套里挣出来的。那段时间,游服中心前面格外清静,围着大黄打转的一帮公狗都不见了踪影。据说,是山下来了几个套狗的,喂了醮"麻"药的馒头给他们,一网全逮走,送山下城里做狗肉火锅了。只有聪明的大黄逃脱了。

大黄一直不肯吃东西,连最喜欢的肉骨头也闻一闻就扭开头,她为失去同伴难过吗?她因腿伤厌食吗?她又怀孕了吗?大家都很心疼她,又束手无策。

大黄的腿一天天好起来,敢四肢着地走路了,跑起来时,伤腿还要翘着,三足跳动的样子可怜又可笑。她最喜欢跟着阿硕,阿硕开车到景区外办事的时间越来越多,她就跟着阿硕妈。

这天,阿硕妈带着大黄采蘑菇,走到没路的深谷里去了,一只拳头大的猴头长在树权上,她攀着枯枝上去采,枯枝断了,她跌下去,一条手臂摔断了,人也昏迷过去。大黄围着她,发出呜呜哀鸣,把她叫醒。阿硕妈的腿也扭了,她艰难地走两步,又坐下了,想打电话,又没有带手机。

她轻轻叫着大黄:"你去叫阿硕来,快去报信。"

大黄傻愣一阵,不肯走。等明白了她的意思,颠簸着跑回景区,四处寻找阿硕,阿硕正要开车下山去接一位重要客人,抱住她的脖子拍了拍,然后推她到一边,启动汽车。大黄追着汽车吠叫,拦在汽车前面。阿硕刹了车,幸好刚起步,速度不快。他疑惑地又拍拍大黄,让她去找妈妈。大黄咬着他的裤腿往前扯。他推开她,又发动车,径直开出景区大门。大黄从喉咙里发出哀鸣,她只有一个念头:拦住阿硕去救人。"嘭"的一声,汽车撞在一件重物上。阿硕下车看到大黄躺在车轮下,奄奄一息,他去叫母亲来帮忙救治,才发现母亲不见了,还有那只采蘑菇的篮子。

天已经全黑了,工作人员一拨帮他寻找母亲,一拨救治大黄。

阿硕妈找到了,送进医院。大黄永远闭上了眼睛。

从明朝穿越来的义犬

导读:它在黄土官道上小跑着。突然路两边的参天大树都不见了,路面变得坚硬无比。一只只庞大的怪物呼啸着从它身边掠过,怪物的肚皮节节透明,里面透出"吃"进去的人。

白狗伏下头,让主人将一只铁丝项圈挂在脖子上,项圈穿满铜钱,还有一封装在小竹管里的信件。它在王慎动知县的脚上又嗅了嗅,然后飞奔出城。冬日朝阳正照射在高大的东城门楼上,"经荥"两个金字熠熠生辉。

它跟随主人从河南伊阳城关镇来四川经荥知县任上,独立往返送信已经八次了。一年之中能八次看到慈祥的老夫人,还结交了沿途旅店的店主和伙计,它感到幸运极了。每次离店上路,它会低下头,示意他们从项圈取下相应的铜钱。店家不肯,它就扯着裤管不松口。

它在黄土官道上小跑着。突然路两边的参天大树都不见了,路面变得坚硬无比。一只只庞大的怪物呼啸着从它身边掠过,怪物的肚皮节节透明,里面透出"吃"进去的人。

它惊慌地跳过栏杆,向着荒野跑去。在一座人来人往的怪城,它成了一条流浪狗。街道拐角处,有一个残疾人在向路人行乞,偶尔抬起头看到白狗,把半只夹肉的烧饼扔给它……当它醒来时,已经待在一只笼子里,脖子里的铜钱没了,装信的竹管扔在笼边。同伴一只接一只被拉去变成火锅里的美食,终于轮到它了。它拼尽全力咬了一口,挣脱出来,叼起竹管跑啊跑啊……定睛看时,它发现自己仍然跑在黄土官道上,项圈还在,冬阳正暖,它只是突然做了一个怪梦。

日夜兼程,白狗半夜来到伊阳城下,城门已关锁。白狗绕着城墙跑了一圈又一圈,累得心肺俱炸,它痛苦不已,腾跃起来,撞在城门上。

血从嘴里流出来,它渐渐闭上双眼,看到老夫人慈祥地笑着向它走来。

梦会洛神

导读：这时从平静的湖面上漂来一叶扁舟,舟上传来悠扬的琴声。男子一愣,好像清醒了许多,他驻足倾听……

狂躁闷热的夏夜,为一切可能与不可能拉起一道一统的帘幕,辛苦一天的人们酣然入睡。楼宇间华灯闪亮处,依然有男男女女在劲舞中癫狂,摇摇摆摆,欲醉欲死。

洛河之滨却显得幽雅而寂静,河畔小路上走着一位似醉却醒的男子,他沉默着,漫无目的地向前走着,风湿润润的,蛊惑人心,一种情愫如梦般在空中徘徊萦绕。

这时从平静的湖面上漂来一叶扁舟,舟上传来悠扬的琴声。

男子一愣,好像清醒了许多,他驻足倾听……

啊,这不是梦中的《高山流水》吗？悠扬、舒缓、纯净透彻,古典的旋律把他带入如梦如幻的境界。静静地听着,一份飘逸的情致,一份无边的温柔,在瞬间弥漫于心间。

他惊奇起来:在这繁华的金粉玉琢的九朝古都,贵族侈靡遗风的华华世界里,怎么会有如此纯正幽雅的琴声呢？

循声望去那和自己一样飘零的一叶扁舟正随水波轻轻荡漾……

男子迫不及待地乘上小船应声而去,他轻轻地靠近这孤独的小船,恐怕有一丝响动打断了美妙的琴声。两只小船靠在了一起,他踏上了这似曾相识的熟悉而又陌生的小船。小船在他的体重下,左右摇晃了几下就平静下来。船上,端坐着一位貌若天仙,娴雅脱俗的女子。她手抚一把瑶琴,正在专心致志拨弄琴弦。轻柔的情感从那纤细的指尖拨出,时而凄婉哀怨,如泣如诉,时而活泼欢快,热情飞扬。他望着女子可心的姿容,痴痴地醉了,心里暖流如潮升涨,这似曾是他梦寐以求的归宿。

他想,只要自己走过去,挨着她坐下,拉着她的手,倾诉自己积在心头发了霉的苦水,淌一滴那无人理解的眼泪,也就心满意足了。他忘情地这样想着,竟忘记了自己的身份,情不自禁地拿出自己已经多年不用的古瑟,跟着那女子的音符弹奏起来……

琴瑟和鸣,幽雅动听,如风似雨,乍阴又晴……

大自然好像静止了,仿佛只有这两种和谐的声音。一轮明月破云而出,把优柔的清光洒满一河碎银。

女子似含蓄又娇羞,含情脉脉凝望着眼前的知己,沉入迷梦……

她没有停下与他的和鸣,她好像已与他结同心于千年前,鼓动琴弦,演奏这天长地久的交响是她亘古的使命。这乐曲时而和风细雨,时而激流澎湃,时而小桥流水,时而险滩峻峰,像春风拂面,像夏日炎炎,像阳春冰融,是水与火的交融,是心与心的共振和鸣……她不知所措了,一任泪水无声地滑落……

男子拉起她的手,吻去她腮边的泪,然后拨转船头。他走得依依不舍,频频回头。

他有他的使命,他的路还很远很长。他已经很满意今夜的相逢,洛水之滨,一场温馨的梦,梦中一会,铭记一生。夏日有梦,梦至洛水,洛水有灵,凌波仙子是他可以共鸣并能相和琴瑟之音的人。

御水凭风,她随流渐逝,一双明眸痴痴凝望,一份情已经和这位素昧平生的人融合了。她知道他不忍离去,她也不愿意让他离去,她真切地感觉到曾有一滴泪,从他的眼中滑落,温热地滴在她的眼窝,注定她要还他一生柔情似水。

他终于弃舟登岸,爱怜地回头一盼,留一河月光幽幽,琴声悠悠……

只为你那无意的凝目

导读: 我是无源无尽的时空中一组电码,我在无拘无束的无中有世界漫游。

我被自己的心诱惑,我迷失在这蓝色的雾气里,我从空濛中走来,在茫茫大荒中的盘丝岭幻化成一个百媚千娇的白骨精灵。我给自己取名蓝晶晶

我是无源无尽的时空中一组电码,我在无拘无束的无中有世界漫游。

我被自己的心诱惑,我迷失在这蓝色的雾气里,我从空濛中走来,在茫茫大荒中的盘丝岭幻化成一个百媚千娇的白骨精灵。我给自己取名蓝晶晶

"做我老婆吧?"那些小大人们都这样请求。

"现在的孩子时兴到处求人做老婆吗?我是独身主义"。我无法让他们理解我不属于这一维度,我终将归于那无中有的虚空。

人间五月热风拂动,我漫游在建邺城中,在桥头,回眸之间,惊飞三魂,你是我哪世哪劫中的冤家呀,巫魔神——气宇轩昂的神天兵。

我笑笑说:"那一组虎头都是零级小兵,有人用来搞笑的,他们拦不住桥的。"

巫魔神沉默半晌,幽幽地问:"现在的人都这么爱搞笑吗?"

"为什么不呢?又没有恶意。"

"唔……你加我为好友吧,遇到敌人,叫我。"他倏地飞走了。我看到他六十级,天宫,称谓是某某人的夫君。在这个时空的这一点上,结婚是一种级别和实力的象征。

我只是一个二十五级的自由自在的百媚妖灵。一个从不为级别、钱财劳碌的骨魔。

"巫,为什么你总是那样忧郁?"我陷入重围时,向他发信息求救。他的到来立即扭转战局。我一边并肩作战,一边问他。

他说:"她要和我离婚。"

"为什么?"

"她八十级了,只有找一个比她级别高的结婚,双方才能获得更多的技能。"

我看到他的称谓已经不是某某夫君,而是一个帮主。

我跟着他走过许多地方,我有两种错觉;一种似乎他在哪一世做过我的情人,而今才如此默契;一种也许他是我哪世遗落的婴灵,竟这样毋庸置疑地属于我。

在打怪的时候,天宫与地府的组合最佳,盘丝应该组一个化生寺的小僧。

巫魔神带着一个四十级的地府MM来邀我一起去凤巢。我们组在一个队里。那MM叫我的巫魔神为老公。我对她笑了笑。

看到她的血在一场战斗后将要归零。我问她："你级别高，法力大，不加血是不是还能再打一场？"巫想制止，但她已纵身凤阵，我们被她带入重围，与她并肩而战。巫关照我封了自己的血，保护好自己就不拖累他。地府 MM 没想到敌人如此难缠，血尽而亡。巫带着我飞离凤巢。

"你是故意的。"巫一脸愤怒。

"谁让她叫你老公？"我心生怯意。

"她随便叫叫的。"

"现在的女孩子时兴见男孩都叫老公吗？"

真是想不通，那个如花似玉的舞天姬，也叫他老公。她要借他身上风伯去打怪。巫魔神说："我身上没有，那是别人的。"我友好地对仙女笑了。我说："我有天眼，我看到那风伯就在他身上，你继续叫他老公，他肯定借给你。"

巫把脸转向我，一种说不出的怪异表情："那是别人让我调教的，不能借。"

舞天姬费了几瓶玉露琼浆，对着巫洒下泉涌般的眼泪。

"你老婆好可怜。"我说，"那眼泪要花几千银子，买得起风伯了。"

巫冷笑一声，抓起我飞向擂台。我的脚一落地，便进入了程序设置的 PK 演习。

我本能地抖身加魔，施展勾魂摄魄法术，把他身上的蓝与红吸过来。轮到他回击时，我闭上眼，预备在他的天雷斩下粉身碎骨。但他只是红缨枪一挺，扎向自己的座龙。

"为什么？"我震惊之余，感动得热泪涔涔。

"总觉得有生以来就认得你。你是我的亲人。不要物质，不要名利，一无所求地跟着我。像妹妹，像姐姐，也像母亲。"

"十七年前,我在你生活的城市留下一个婴灵。如果转生正与你同岁。"

"有这么巧的事吗?"

"宁可信其有。"

"你那时的年龄也应该与我现在同岁,怎么会有那样的经历?"

"因为那是一个单程空间,每一个生灵都只能真实地活过一次。如果你错了,就不能回头,只能坚持走下去,争取下次不错。而灵都是虚无的,莫须有的。正如这游戏中的空间。"

"那我回去吧,还有许多路,还有人在呼唤我。"

"回去吧。我也要走了,不再来。"

"你去哪儿?"

"还我无可捉摸的存在形式,回我无中有的来处。"

第五辑 尘世缘

茫茫人海，碌碌红尘，今生的擦肩而过，也许尽是前生一千次的回眸。无论爱情还是亲情，成也细节，败也细节……

小细节

导读: 那个春天的傍晚,夕阳从西窗照进来,落在久病不愈的宇床上,他的母亲和姐姐围在床边为他祝祷,她们那样虔诚,把能想到的各类祝福语都用上了。逆光给她们勾勒一圈金色的轮廓,爱的光辉在室内充溢流动。

蓓蓓是小城"公主"。娇贵得不食人间烟火。父亲为她选了一个高校毕业返家乡工作的才子,打发她出嫁。她的夫君,家在西郊,母亲勤劳能干,却对卫生间的毛巾从不分哪条是谁的、什么用途。蓓蓓忍无可忍,回娘家不肯回来。男孩跟过去,蓓蓓又嫌他吃饭吧嗒嘴。不足一个月,这段婚姻就宣告终止。

宇长得英俊潇洒,大学里一段浪漫爱情在毕业之后开花结果。妻留在洛阳教学,他分配回小城做美术教师。宇工资五百多块时,妻子同事手上的包包都上千了。两人的相聚总在期待中开始,冲突中结束。终于,宇在市里的家中发现妻新买的名包和男人的衣物,这段婚姻在异地两年后无疾而终。

宇比蓓蓓大三岁,还教过她美术课。两个人互相心仪,又都害怕贸然走到一起,万一又合不来,还要再一次分开吗?试探观望中,一晃就是三年。

这三年宇过得很辛苦,出门深造两年,回来后自立门户搞装修设计和施工。由于劳累,宇病倒了。那个春天的傍晚,夕阳从西窗照进来,落在久病不愈的宇床上,他的母亲和姐姐围在床边为他祝祷,她们那样虔诚,把能想到的各类祝福语都用上了。逆光给她们勾勒一圈金色的轮廓,爱的光辉在室内充溢流动。

蓓蓓从外面进来,捧着保温盒,里面是她央母亲精心煲好的八宝粥。她放下盒子,走到床前,加入祝祷。宇沐浴着三个女人的爱,一下精神起来,不久就痊愈了。也正是那一刻,在爱的光辉中,宇和蓓蓓认定了对方就是自己可以相守一生的人。

婚后,蓓蓓生育一子一女,她娴熟地抱着孩子指导保姆打理家务,人间烟火里都是幸福。

亲情的细节

导读: 阿香抓住孩子皲裂的小手,在那一刻,感动到泪盈。孩子认定她就是自己的亲妈!

阿香的儿子十岁时,又得一个女儿,小丫头越长越乖巧可爱,是他们夫妇优点的综合。当着孩子的面这样说时,他们一脸幸福:"那当然了。"

一次同学聚会,大家又夸她女儿,阿香郑重地说:"纯后天的,与基因无关。不过,有关细节呢。"

她告诉我们,这孩子是她婆婆在野外捡的弃婴。当时还未满月,像只小老鼠,黑不溜的,额头格外高。婆婆可怜它,就抱回家养着,当孙女儿。阿香工作忙,从未准备要二胎。勉强去看了,当

然不喜欢。但心生悲悯，就认了，也不挂心，只每月送奶粉过去，从未接她回过城里的家。

渐渐地，孩子开始学走路、学说话。

那是冬天，阿香开车回村送奶粉。婆婆抱着孩子正在村口晒太阳，让孩子蹒跚走过去叫妈妈。孩子走到车头，看到地上一枚五角硬币，就捡了起来。孩子并不把钱给身边的奶奶，却是绕过车身，举着小手交给正在后备厢取奶粉的阿香。奶奶跟过来，故意说："来，给奶奶。"孩子不给，还是使劲地伸长手，要交给阿香。阿香抓住孩子皲裂的小手，在那一刻，感动到泪盈。孩子认定她就是自己的亲妈！

阿香把奶粉又放回车里，抱起孩子说："跟妈妈回家吧。"孩子便依偎在她怀里开心笑起来，没有一点生疏与嫌隙。

阿香将孩子放到车里，打开车门坐进去，婆婆背转身，用衣袖沾着眼角。阿香一下子感受到婆婆对孩子的眷恋，还有婆婆无数个日夜在孩子小心灵里苦心种下的观念。她叫了一声"妈"，婆婆没听到。阿香下车拉住她："妈，跟我们一起回去吧。"

假 面

导读：她痛苦地发现，一天天，那美丽的颜色在不知不觉中递减消散。于是，消散一分，她就用脂粉加倍补上。她的脸一年比一年白，唇一年比一年红，底妆渐渐像豫剧戏妆一样厚，真实的面孔隐藏在一张假面下……

素青用毛巾擦去镜上的水汽，仔细端详自己，叹口气。原来紧紧实实、纤纤一握的腰肢，现在松松的两把有余，摸到后腰，一大把软肉，和摸到前胸感觉一样了。素青又叹一口气："岁月是把杀猪刀。"

"那谁是猪呢？"素青吃一惊，回头看到雪婵，瘦骨嶙峋地站着，用毛巾擦着头发上的水。在这种集餐饮、洗浴一体的中档休闲中心洗澡，碰到熟人是常事。

"你这腰，跟妙龄少女似的。你怎么也胖不起来呢？"素青由衷地羡慕。

雪婵找到优势，矫情起来："我也没法，我从来不减肥。也从来不化妆。"

素青笑了："你应该倒饰一下，祛祛斑，打上粉底霜，化个淡妆。"

雪婵不以为然："不都说男人喜欢不化妆的女人吗？"

"男人喜欢的是不化妆也漂亮的女人，不漂亮，又不倒饰，不是讨人嫌吗？"

雪婵望着素青的脸，不服气："如果妆化过了，像一张唱戏的假脸，也不好看。"

素青自信地说："我习惯了化妆，如果不化妆，就出不了门，心情特沮丧，什么事也做不好，像男人犯了烟瘾一样。"

雪婵想说什么，张了张口，没有说出来。

她们同岁又同乡，都嫁给在新疆部队当兵的老公，随军。几年后都随着转业的老公安置了工作，在"供销社"做人人羡慕的售货员。后来，"供销社"转包给个人，雪婵承包了服装柜台，素青赶了个鲜，低价租下"供销社"的一间门面，开起第一家扎啤店。再后来，供销社改建成大酒店，雪婵组合进去，做管理员。素青的啤酒店红火过后，她又赶上另一项最热门的生意：销酒。

素青的丈夫是一名警官，做文字工作，高高帅帅的戴副眼镜。当初相亲，他看到她在河边洗衣服，天热出汗，她撩起水来洗脸，清水出芙蓉，美如画中人。部队上的那场集体婚礼，她把所有新娘都比下去了，就连几里地外的"巴朗子"都赶来看河南美女。素青听了丈夫的话，就去看镜中的素颜，她痛苦地发现，一天天，那美丽的颜色在不知不觉中递减消散。于是，消散一分，她就用脂粉加倍补上。她的脸一年比一年白，唇一年比一年红，底妆渐渐像豫剧戏妆一样厚，真实的面孔隐藏在一张假面下，她只是想永远保持那段光彩，丈夫理解，所以从不制止她。

按说，素青和雪婵互相见证了对方的青春美好，又有相似的经历，应该非常亲密，可是，她们却总是小心地保持着适当的距离。

二人取了自助餐，面对面坐下，慢慢吃饭，互相问近况.

雪婵想说宾馆工资低，她一到五十就退休了，大女儿在北京买房需要钱，儿子正上大学，生活费也是一笔不小的开支，靠两个人的死工资，根本不行。她到北京给闺女伺候月子，完了就成了月嫂。照顾月子，可不是容易事，累、操心、责任大。但她一张口却夸起外孙女的乖巧伶俐，说自己在一家在公司做主管，操心，累。

素青想说当年卖酒是赚了不少钱，后来酒业整治，小厂酒刷总厂标签被抓，罚了一场后，她洗手不干，跟着一帮南方人开起服装厂，却被骗走资金赔得血本无归。她为了还欠账，卖了宅院，在郊外租下一处地皮，办起养猪场。她每天一早起来，总是先洗脸，化妆，打扮得唱豫剧似的从街上走过。中午下班时间，她又洗干净，化好妆。优雅地走过大街。

她却把到嘴边的话和着饭粒一起咽下去，伸出手，让雪婵看腕上戴着的翡翠手镯，讲着鉴赏常识，夸耀实力和见识。

吃完饭，雪婵低调地收拾齐东西，说："我先走一步。"

素青漱了口，又补了妆。她有些累了，渴望像雪婵那样过着优雅的白领生活，休闲时带带孙辈；但她必须买好猪饲料，送到养殖场。她就是这样的个性，自己惹下的亏空，无论吃多少苦，一定要自己补上。

雪婵正躲在大堂门后打电话："哎哎，少了一万二不行，这是北京月嫂的行情，我做得多，经验丰富，还专门上网学习，和国际接轨……"雪婵抬头看到素青，愣了愣："公司来电话请示工作，我真是一步也离不开，明天就回北京。"

素青笑了一下，走上来握住雪婵的手，使劲摇摇，一种温暖和默契就在两个人之间流通了。

来到街上，阳光照着两张脸，她们都看到对方眼角无处逃遁的细纹，静默了一会儿，同时说："其实，我……"，她们又同时转了口："再次见时，好好聊聊！"

我爱北京天安门

导读：眯起双眼，丙午仿佛看到十几年前那个秋天的傍晚，柳条儿似的柳儿提着行囊，从夕阳中向他走来。他正和几个年轻老师在校园一角甩扑克，一抬头看见了柳儿被夕阳染成金色的头发和纤巧的腰身。就有一种气场笼罩了丙午，他呆怔了，忘了手上的牌。

丙午站在天安门广场。夕阳照着凛凛飘动的五星红旗，照着天安门城楼，照着广场上的每一个人，也照着丙午。

肃立了一会儿，他用手指抹干湿润的眼睛，掏出口袋中揉皱的名片看了看，上面写着柳儿的地址，那是一个外事部门，柳儿在那里做翻译。

去，还是不去呢？丙午出门时就踌躇，已经近在咫尺，依然踌躇。

眯起双眼，丙午仿佛看到十几年前那个秋天的傍晚，柳条儿似的柳儿提着行囊，从夕阳中向他走来。他正和几个年轻老师在校园一角甩扑克，一抬头看见了柳儿被夕阳染成金色的头发和纤巧的腰身。就有一种气场笼罩了丙午，他呆怔了，忘了手上的牌。

丙午坚决地说："这一个归我了。"

十七岁从山里考上中专，一出校门就受到一个年长三岁的青年追求，把她像公主一样捧着，柳儿有些惊惶，也挺幸福。丙午个子不高，眼睛不大，还看得顺眼。这关系就拉扯下来。

柳儿觉得日子过得挺快活,却又少些什么。

刚开始她陪着丙午和一帮男老师打牌,喝酒,前山后山逮鱼抓虾了。后来,就不陪了,她独自在房间里看书。一年后,她考上教育学院大专班,脱产学习。丙午说:"把关系定下来吧,我怕你出门学习,就飞了。"

柳儿点了头,丙午是她的依靠,她愿意。

重回县城教书时,柳儿对什么都不习惯了。她决定考研,那是她进入新天地的唯一办法。丙午拿出未婚夫架子:"学习什么呀,识俩字,能工作就行了。不一样睡觉、生孩子、过日子吗?"

柳儿呆了脸一声不吭。良久,嘤嘤啜泣:"你把我选择的机会剥夺了。咱们退婚吧。"

丙午就喝酒,喝醉了,来柳儿屋门前哭闹。谁也劝不住。

柳儿冷着脸,从雪地拉起他:"你给我三年时间,若考不上,我就死心塌地跟你结婚,考上了,你就放我走。否则,我也没活头了。"

丙午答应了,他暗笑:柳儿呀柳儿,你还能跑出我的手心。他依然教着他的熟课,闲下来跟男老师打牌,到校外喝酒,等着柳儿再次落榜,和他结婚。

年年考,年年差两三分。柳儿年年哭一场,咬咬牙,较上劲儿再考。第三年出了考场,柳儿已经泄气了,丙午选好日子,拉回新家具,准备婚礼。分数下来了,柳儿看了一遍又一遍后,就疯一般地跑到电话亭:"我考上了,我要走了。"

那段时间,丙午一直请假陪在柳儿身边,掉了魂般地呆望着她收拾行装。柳儿说:"把咱们的事了结一下吧。我走后,你也可以重新开始新生活。"

柳儿走了,丙午娶了印刷厂女工梅儿。一晃五年,儿子都会

到处跑了。

印刷厂倒闭,梅儿下岗,到处打工,趁空又生下一个儿子,一晃又是四五年。

丙午依然打牌,喝酒,教课,日子像水一样平静流过。

那天,听说柳儿从北京回来了,她已是首都一个重要部门的翻译。小城的领导开车接到高速路口,迎到豪华酒店。

那天,丙午在街上走,一辆小车停到他旁边,柳儿隔着车窗,递给他一张名片,说有困难,就找她。

乡里乡亲有事儿,进京找柳儿,都解决了。

政府有事找到柳儿,也解决了。

柳儿成了县里的风云人物。

从此,同事见了丙午便开玩笑:"柳儿给了你多少钱?"

"让柳儿说句话,你就当校长了。"

"让柳儿说说,给梅儿安排个工作。"

丙午总是笑,不否认也不承认。

一天,梅儿把在街上听到的话问丙午,丙午闷闷地喝了点酒,脸扭向床里,再也不理她。

学校优化组合时,丙午因整天打牌醉酒,被组合掉了。

梅儿找出他揉皱扔在犀角的名片,塞他手里说:"去北京找找柳儿吧,让她说句话。对你,对我都有好处。"

丙午为难地看看梅儿,看到她抓到救命稻草似的,眼中闪着期待,他点了点头。

可是,站在天安门广场,他终于知道柳儿为什么坚持要离开他。因为外面的天好大呀!

丙午在"老乡"引领下,找到一个小旅店,店里住着一帮在北京找生活的人,大家有智用智,无智出力,都凭着一双手努力往前奔。丙午愧疚：自己一样有一双手，却把工作都混没了。心里翻腾着，想了一夜。

第二天一早起来洗脸，把那张揉皱的名片撕碎扔进了马桶，结账上路。车经过天安门广场，五星红旗已升起来。丙午在心里默念："再见吧，柳儿，再见吧，北京。"

定哥的幸福生活

导读： 恋爱的日子里，二人散步到夜静，转回到定哥住室。二人恋恋不舍地又将手握在一起。良久，定哥坚决地拿起手电筒："我送你回去，咱们一定要等到结婚那晚。"李娜的眼里泪汪汪的，只得跟着定哥一前一后走出去。

镇供销社高挑伶俐的女售货员李娜相中了定哥，定哥当年从一个农村考上师范，做了农业职专教师。

两个人一前一后走在校外的田埂上，月明星稀，草香虫鸣，定哥倍感幸福，望着月亮，羞赧地问："你的爱好是什么？理想是什么？"

李娜大眼一翻，撒娇地答："啥叫爱好？啥叫理想？人活着怪高兴就行。上上班，打打牌呗。"

定哥很感意外，但是，看李娜长得顺眼，性格也开朗单纯，很知足地说："我会让你幸福的。"

恋爱的日子里，二人散步到夜静，转回到定哥住室。二人恋

恋不舍地又将手握在一起。良久,定哥坚决地拿起手电筒:"我送你回去,咱们一定要等到结婚那晚。"李娜的眼里泪汪汪的,只得跟着定哥一前一后走出去。

同校的年轻男教师李申不知从何处得知这件事,便当做定哥的典型笑料。

乡里晚饭后,几乎没有娱乐项目,女儿被同事家的大孩子带出去玩,李娜和男老师们支起桌子打"双升"。定哥用洗衣机把一家的衣服洗好晾出去,打扫好房间,便坐在桌前读书学习,写广播稿。定哥做这些的时候,毫无怨言,他养成了洗衣服的习惯,也觉得时间宝贵,浪费到玩牌上,不如多看点书。

孩子一转眼到了四岁,上学问题提上日程。李娜的单位分流,她由集体售货员变成了个体户。进城做生意也成了她的愿望。定哥就托人说情要调到城里去。在熟人为他说调动的事情同时,定哥接到了两个进城的考试启事。一个是通过考试进入县城广播站,一个是通过考试进入教育局电视台。他开始积极备考,在电视台招聘考试前夕,他收到熟人捎信,说调动进城的事说成了。然后,他放弃了两场考试,搬进了县城的学校。自此扎根在教育系统,写新闻和辅导广播站成了永远的业余爱好。

李娜要和人合伙卖化肥,需分担一笔货款。这可是定哥从来没有见过的大数目。李娜货了一部分,余下的一部分从哪儿来,二人都犯了愁。

最后,定哥一边嘶溜嘶溜喝着稀饭,一边思考着,一碗稀饭喝完,放下碗,定哥说:"我去借。"

定哥拿了一个小笔记本就出门了,到学校值班室借电话挨个儿给同事家里打,打通了,就是借钱,那个时候,大部分人的工资都只有二百多元,定哥就借二百,或者一百。百分之八十的同事都是说手头没钱了,等发工资的时候,可以借给他一百。

打了一圈没有借一分钱。安慰愁眉不展的李娜:"睡吧,我有办法。三天后钱就来了。"

三天后是学校发工资的日子。老师们挨个儿到后勤签字领工资。定哥郑重地拿着笔记本站在门外边,将出来的人拦住,请人家兑现"发工资时可以借给你一百"的承诺。将借给钱的同事名字工工整整记在小本子上。

两天下来,果然为李娜筹到了一万多块钱。

然后,定哥开始了漫长的还钱过程。他每月领到工资,哪位同事急需用钱,就先还给哪位同事。只剩几十块零钱家用。大家知道他手头紧迫,也不催他。三年时间,本子上还有十多个人的名字没有划掉。其中两三个人都忘掉了这件事。那一年,因为外地化肥的进入,价格下空前下降,前两年的赢利一下子全亏进去,幸好先还上了货款。借亲戚的也还得差不多了。

李娜哭了:"定,这可咋办呢。还欠这么多钱?!"

"没事。我来还。"定哥没有埋怨一句。

那一年,老师都补调工资,还补发前十个月的增长部分。当无忧无虑的女教师们欢天喜地计划着买新衣去旅游时,定哥悄悄将领到的钱分送到最后几个债主手上。

定哥的工作很忙,业余还辅导小记者队和广播员。李娜无论做什么生意,定哥都支持她,和她一起分析生意的各个细节和流程。定哥有一个年迈的母亲,他也接过来,亲自照顾得无微不至,李娜受到感染,对婆婆和自己母亲也尽力照顾。

李申也调到这个学校,将定哥婚前那个笑话也带了过来。李申依然喜爱打牌,在牌桌上对定哥的懦与迂嘲笑不已。

突然,听说李申离婚了。原因是他的妻子用陌陌聊天,与一

位小学文化的畜牧投资人网恋,从同事亲戚处借了百万元钱交给对方。对方拿到钱后,不见了踪影。事发之后,李申妻子涉嫌诈骗被抓,李申第一时间离了婚!

牵 手

导读:曹睿喝着侍者端上来的白开水,打量迪欧的环境,他是第一次到这样"高雅"的地方来。

周末,曹睿请妙妙老师到迪欧咖啡一聚。他习惯性地到办税大厅转了一圈。看到值班税务员都按部就班地工作着,他满意地点点头,悄悄退出来。

上次相亲时,他得知妙妙比自己小六岁,衣着得体,谈吐文雅,不仅相貌美丽,教学工作也十分出色。曹睿当时就有些懵:这样女神般的梦中情人,怎么会看上他这个有过两次婚姻,几个月前把全部积蓄捐给一个白血病患者的老男人呢?懵懵怔怔的,他根本就没看到介绍人的眼色,把自己的真实情况一股脑儿全抖搂出来,然后看着静静听他讲话的妙妙,说了声抱歉。

妙妙微笑:"我喜欢听实在话。我还想听你谈经历这些事时的真实想法,希望有机会。"

那次见面不久,曹睿就接到介绍人电话,说妙妙愿意往下发展发展。

曹睿喝着侍者端上来的白开水,打量迪欧的环境,他是第一次到这样"高雅"的地方来。他四十岁了,税务专科学校毕业就到了乡税所,门口的羊汤烩面铺是他的食堂。喝着八毛一大碗的烩面,他感到自己真奢侈。父母、老婆、孩子在市里,也不能顿顿这样吃呀。但是这个小地方,没有别的饭食,他要自学本科,兴之所至,还要读几首诗歌,自己划拉几笔感想,没有时间做饭。

这个乡镇里企业少,税收吃紧,他费尽了心力,也只能收到可怜的一点点税金。为了"开源",他跟乡干部一起研究经济项目,申请扶持资金,终于建成了沿河食品街和旅游手工艺品生产销售一条龙企业。税收上去了,奖状得到了,还得了一笔奖金呢。他结婚那阵子,正兴"三金"聘礼,他根本拿不出来,做工人的老婆二话没说跟他领了结婚证,办了简朴的婚礼。

他要补偿她。

可当他一手拿着金戒指盒,一手拎着鲜羊肉回到家里时,看到妻子歪倒在床边。因为劳累和营养不良,她得了肝病。为了给老婆治病,他第一次开口向人借钱,接着,无奈地向更多的人借更多的钱。但是,他坚决不收纳税户的钱,收到的税款也按时一分不差地交了上去。当领导宣布把他调回家附近的区税局,并把市局同事们捐的钱交到他手上时,他流泪了。那天晚上,他趴在老婆病床前写的诗歌发表在税务杂志上,让读到的人都泪水盈眶。

老婆还是离开了人世,她没有舍得戴过的金戒指被那个女人加了钱换成一只金手镯,整天戴在腕子上。她整晚和别人搓麻将时,那只金手镯晃花了一桌麻友的眼,都说她嫁了一个"钻石王老五"。

"嘁,你倒是跟他过一天日子看呀。吝啬得连刷碗水都想喝掉。老是加班,忙得回到家就喊累,一吃完饭吧,又坐到桌前看看

写写,一熬就是半夜。连一点生活情趣都没有。"那女人撇着嘴,诉着满腹委屈。

"税官工资高,人家能赚来钱让你花,你还不高兴。"

"抠着呢,每一分生活费都算计着。人又笨,送上门的红包,都不拿。真是!"那女人是真心这样以为的,所以常常找碴儿跟曹睿吵架。

直到那女人收了纳税大户送的一套金首饰,变着法子劝曹睿睁只眼闭只眼免了人家的税款,他忍无可忍,一巴掌掴在那女人脸上。他恨极了这种损集体利益满足自己私欲的人。

那女人搬了出去,和别的男人走到了一起,向他提出离婚。他二话没说就签了字。"那女人"有个很美的名字:"莹玉",但他从来不愿称呼。当时新开设了办税服务大厅,这个窗口项目由他负责。该怎么做,他和属下都没有现成的经验,于是他查资料、做访谈,带着属下到外地去参观学习,等一系列方案制定出来,工作步上正规,他自己也病倒了,却意外碰到一名白血病患儿无钱就医,要轻生,他二话没说,拿出了全部积蓄,并四处宣传号召,为这孩子募捐。自己的病忘到了脑后,竟不治自愈了。

……妙妙捧着一杯咖啡,听到这里,噗地笑出了声。她说自己因为很笨,不会化妆,上课忙,没时间陪老公跟朋友喝酒闲侃,老公和开美容店的"青梅竹马"走到一起,和她离婚了。她除了惋惜逝去的时光,并不难过。她在许多人讲述中了解了曹睿,也读了他发表的许多文章,她说:"……我们才是适合的……你说呢?"

曹睿真诚地望着妙妙:"我年龄大,不会说话,也不会打扮,不知道生活情趣,不懂……"

妙妙将手覆在曹睿握杯的手上:"这样,我才心里踏实。"

曹睿把手反过来,紧紧握住妙妙的小手,他也觉得心里特踏实!

真　爱

导读:团参谋长夏成林握了握华的手,握得深沉专注。华也是,一股电流就在二人双手相扣之间交汇。

团参谋长夏成林握了握华的手,握得深沉专注。华也是,一股电流就在二人双手相扣之间交汇。

然后,夏参谋长行了军礼,用深沉的声音说:"再见。"

华也同样深情殷切地说:"再见。"

夏参谋长转过历经百战的铁身板,用标准的军人步伐向团部走去。

华则迈着轻盈的步子,越过生活区,来到军区小学,开始半天的教学工作。

不要以为,这是战争片里的经典画面,这只是夏参谋长和华老师之间的日常功课。十年来,每一天,清晨告别握手,下午下班,一见面也深情地握手。然后二人手挽手回家做饭。日复一日,从不例外。

团机要处译电员小魏是个南方人,东南名校毕业。对参谋长和夫人的这个"爱好"非常感兴趣,他细细地观察了一段后,对年轻战友们说:"参谋长这个手握得有学问,握出了超过同志友谊

的深情,相当于西方国家的拥抱和接吻。"

这话不知怎么就传到了参谋长的耳中。

"混账,这种文绉绉的'假女人',尽给老子整花样,我一枪毙了你。"一边说,一边直奔机要处。机要处的哨兵不和他回嘴,就是挺枪拦着不给他让路,任他气得咬牙,跺脚骂人。

团长来了,拍拍他的肩膀:"老夏,又跟一个毛孩子上劲了?"

团长是让夏服气的第二个人。夏跳一会儿脚,随着团长回去,摆开棋盘杀一阵,也就把这事忘了。

译电员吓出一身冷汗,不明白参谋长怎么会发这么大的脾气。别人告诉他:华老师本来是老团长的爱人,夏是老团长的警卫员。小夏来自农村,脾气暴躁,但他读过多年书,为人义气勇猛,又有些天生的军事才能,老团长就十分喜爱他,带在身边悉心指导培养。老团长是小夏第一服气的人。在援朝战场上,美国飞机投掷炸弹,老团长被炸成重伤,奄奄一息时,嘱托小夏:"爱人与儿子就托付给你了。"小夏郑重地点了头,老团长便溘然长逝,牺牲在抗美援朝的战场上。

小夏不知该如何完成老团长的嘱托,便天天去部队小学,看望老团长夫人华老师,带着她五岁的小男孩去吃好吃的,玩好玩的。几年过去了,部队开到南疆,华也随部队到南疆,进了军区小学。儿子十岁了,他的心目中早已淡去了父亲的影子,把夏当作最亲最亲的父辈,三个人之间产生了深深的情意和依恋。华老师比夏大五岁,她常像姐姐那样劝年过三十的夏尽快找个心上人,成个家。夏总是摇头,他感到如果有另外一个人介入他的心,他就背弃了终生照顾华老师母子的誓愿。他认为最好的办法,就是娶华老师为妻,三个人成为一家,一生相守。

事实是,这真的是一个最好不过的办法,他们亲密无间,相敬相亲。转眼十年，儿子已经考上乌鲁木齐最好的大学，他们每天见面和分别时的握手礼始终不变，只是感情更加浓厚。

……

译电员听得频频点头，他想找机会向参谋长道个歉，但一看到夏那严肃冷峻的面庞，就想起他发脾气时的样子，吓得不但不敢靠前，还远远地就躲了。

华老师见过译电员，说老夏若能像译电员那样文绉绉的就好了。夏不以为然地说："男人嘛，就要说话洪亮，放屁山响，叽叽歪歪的像个女人。"华老师被逗乐，无可奈何地说："你呀……"然后，二人深情握手道别。

这天，团里进行民主生活会，让官兵畅所欲言。夏自认为自己把一颗心都掏给了团里，掏给了战友们，他没有什么可被批评的。当团长把他单独留下来，郑重地跟他谈话时，他傻了眼。战士们提的唯一意见就是夏参谋长脾气暴躁，曾经因为个人义气，提着枪闯机要处。

夏气得眼睛都瞪圆了："混账，'假女人'，我真想一枪崩了他。"他以为这意见是译电员提的，又气得跳起脚来。译电员闻风早吓得躲在机要处不敢出来。

第二天，部队接到进入沙漠执行特殊任务的命令。夏亲自带着红旗连护卫着一帮工作人员开进沙漠无人区，任务完成得十分顺利。

撤离时，起了风沙。眼看一场大风暴就将接踵而至，却有士兵上来报告说译电员不见了。

夏毫不犹豫地下令："宁可损失一个步兵团，不能丢掉一个译电员。红旗连顺原路折返，地毯式搜索。"

有人小声嘀咕："这个译电员，总是事多。"夏回过头狠狠瞪

他一眼,他便噤了声。

风暴起时,译电员被找回来了。他因为趴在草甸掩体中,注意力集中,没有收到撤退命令。

那时,通信设施还不齐备,无法通知红旗连撤回,夏握紧拳头下了命令:"撤!"

译电员压抑着情感,默默地随部队安全撤出。一到驻地,他便扑入夏的怀里,大哭起来。

肆虐的风沙像冲出地狱的狂魔,一口吞掉大半个沙漠。红旗连未一人生还。

夏参谋长一夜之间白了半边头。

小樱桃

导读: 思齐的世界日夜都是黑洞洞的。幸好有两个男人,一个在身边陪伴,一个在电话里陪伴。

立夏后的街头,小贩摊上的草莓变成了樱桃。放学的舒窈挑最红艳光鲜的大樱桃买了一斤。今天是她的生日。妈妈早早订了蛋糕,正在家为她准备一顿丰盛的午餐。

看到捧在女儿手上的樱桃,思齐情难自抑,发怒:"谁让你买的!你啥时候见过我买樱桃吃了!"思齐的表情由愤怒转为痛苦,精神或者情感上的疼痛,也能像肉体的疼痛一样,从一个点疼起,迅速漫延全身,痛苦到生无可恋。看到舒窈无辜、不解的表情,她努力克制,强作笑脸:"孩子,没事,你自己去屋吃吧。"

思齐靠在门上,想将巨大的痛苦一点点像咽口水一样咽下肚去。情绪继续低落,强烈的倾诉欲升起。她拿起电话,将号码翻了一遍。最后,还是拨了那个在常用电话里排在第一位的号码:"喂,你还记得,我当年给你说过,我家院里的那棵樱桃树吗?"

对面说:"嗯,正宗的中华樱桃——小樱桃。你在哪儿?怎么了?家人呢?"

"今天是……舒窈买回来大樱桃,让我想起'小樱桃'来。你还记得'小樱桃'吧?"

"忘掉吧,十二年了。很多事必须忘了,好好把握现在。做饭给孩子吃吧。我有事要出去,回头再聊吧。来,你先吃药,吃完告诉我。"

思齐在包里翻了一阵儿,找出一个小纸包,吃了里面的几粒药丸,情绪渐渐恢复平静。难得老公明举将她吃的药从瓶中分出来,一小包,一小包地包好,按顿发给她,从来不让她接触到大剂量的药片。她做着事或走着路,突然想起"小樱桃"便走神发呆,常因此做错事或闯了祸,他也从来没有指责过她。她心情好时,会佯嗔:"你怎么不说我呢?"

明举推推憨厚方脸上的近视镜:"我哪敢说你,啥不得顺着你的意愿。"早年说这话时,明举的语调里有无奈和怨怼。十多年的磨合与相伴,这话说了又说,不知哪天起,已变成了关怀和爱护。他们之间总小心翼翼回避着"樱桃"这个词。因为,那是他们亲生女儿的名字。女儿也喜爱外婆院里那棵樱桃树。那一年她才五岁,思齐和明举正经历"七年之痒"。领导家庭的思齐与农村出身的明举,无论从生活习惯、亲属关系上都经历了种种矛盾,矛盾一度激化到两个人冷战数月。

思齐带着"小樱桃"住在娘家小院里，便对初恋生起刻骨铭心的眷恋。不停回忆高中同窗的趣事，同在一个城市读大学时，她去看望他，约他一起看电影、逛公园，两个人坐在草坪上将《红楼梦》上的人物与昔日同学对号入座……他们的家庭条件相似，各种观点和习惯也相近。如果当年他没有撤离，两个人走到一起，将是另外一种浪漫幸福的生活吧。刻骨铭心地想，便刻骨铭心地痛，她日益抑郁，即便明举追到娘家，处处迁就照顾她，也无济于事。

思齐终于找到初恋人的电话，他已是独当一面的地方领导，而她做高官的父亲已经过世，兄、姐都和她一样是普通百姓。他从她语无伦次的话语里，了解到她的抑郁，不断地开导她，无论她什么时候打电话，他都第一时间接听。对于她，他的电话成了唯一的心灵慰藉。那一年，非典病毒肆虐大陆，她的抑郁也到了顶点，几乎每天早上，都跑到离他单位很近的草坪，看着办公楼给他打电话，从来没有想过那个时间，他刚从妻子身边起床，在漱洗或吃早餐。

就是那天上午，小学生放假在家，大学生都隔离在校园不许回家，明举在学校值班。思齐留五岁的"小樱桃"在院里玩耍，自己来到草坪给"他"打电话。"小樱桃"爬上樱桃树采果子，一失足，仰面跌了下来，墙角竖着的松土用的铁棒深深扎进她的后脑勺……

思齐的世界日夜都是黑洞洞的。幸好有两个男人，一个在身边陪伴，一个在电话里陪伴。还有乡下婆婆不顾她的歧视，替她抱养一个可爱的女婴——小舒窈。慢慢地，她的天空有月亮升起，有太阳升起。

……

明举推门进来,将蛋糕放到餐桌上,看到思齐扔在案板上的药品包装纸,小心地问:"怎么了?"

"孩子买了樱桃回来……"

"哦。会自己买东西了,真是长大了。"

"唔。呃……"看到丈夫一点都没有想起"小樱桃",思齐有些意外、愤懑,刚要埋怨,突然转念:对呀,今天应该是个快乐的日子,为了舒窈,过去的,忘了吧。

女儿乖巧地将一只红樱桃放到她的唇边,她转头看了看明举,然后愉快地一口将樱桃含进嘴里,一种熟悉又不同的味道在齿颊间洇开。她笑了,满心的快乐。

幸福的红吊带

导读:夜凉如水,浴缸里的水很温暖,琼穿上心爱的红吊带,化了最精美的妆,然后躺到浴缸里,切断自己的腕动脉……

琼刚长成大姑娘时,哪儿都美,姣美的脸庞,白皙的皮肤,饱饱的胸脯,修长的双腿;又美丽又健康。从春天到秋天,她那红红的吊带一直在师范校园自信地晃,晃得老师同学眼花心颤。

琼做了老师后,遇上了心爱的男孩武。

武说:"琼,你哪儿都好,就是胸脯——像个太平公主。"

琼便去做了隆胸手术,然后幸福地挽着武的手臂走进婚礼的殿堂。不久,琼开始胸闷气短,医生说:"胸部填充物已经扩散,

若不切除,将癌化。"

望着琼胸口两个碗大的疤痕,武原本充满爱意的眼睛,像看一个怪物。武离开了家,再也没有回来……

夜凉如水,浴缸里的水很温暖,琼穿上心爱的红吊带,化了最精美的妆,然后躺到浴缸里,切断自己的腕动脉……

琼在医院里醒来时,望着守她三天三夜的父母姐妹,她羞愧地说:"放心,我会好好活下去。"

她辞掉学校工作,走进美容培训班。美容老师望着她的胸脯犹豫。她把自己的经历原原本本地讲了出来,她说:"我失败了,想让更多的人成功。"

经过严格培训,琼上班了。她早早来到店里,开始招揽顾客。恰巧一位20多岁的女孩向这边走来,她连忙迎上前,拿出资料准备向对方介绍,没料女孩惊恐地诘问:"既然你们的技术那么好,你的胸脯怎么那么平?"突如其来的发问,令琼尴尬极了,但她还是强迫自己镇定下来,把自己的遭遇一五一十地告诉了这位女孩。末了,琼语气坚定地说:"正因为我是被美容伤害过的人,所以我懂得健康的重要,我一定会对我的顾客负责。"女孩被琼的真诚感动,成了她的第一个顾客。

琼仔细研究发现女孩不适合做双眼皮,就建议她植了假睫毛。望着镜中的自己变得魅力十足,女孩感激不尽。

首战告捷,琼的信心更足了,只要见到合适的人,她都会主动上前介绍业务。她渐渐发现,其实别人根本没有因为她的胸部而看不起她。

转眼之间,琼上班一个多月了。

这天,她正准备下班,一位中年妇女跑进来,兴高采烈地请她去洗桑拿。这位顾客在琼的建议下,成功做了颧骨截骨手术。

女顾客的兴奋感染了琼,她答应了。

在浴池里,琼羞涩地脱掉长裙丝袜,露出两条匀称修长、肌肤紧致的美腿,然后背转身去慢慢脱掉上衣,她脱得那样慢,玉雕般线条玲珑的背部展示在女顾客眼里,女顾客笑着说:"真美呀,快转过来吧,都是女的,害臊什么?"说着就扳过了琼的身体。刹那间,女顾客看着她胸部两块碗大的伤疤呆住了。琼痛苦地说起往事。

听着琼的诉说,女顾客缓缓走近她,紧紧抱住她,两个人的眼泪流到一起。

慕名前来美容的女性越来越多,琼渐渐忘了自己的伤痛,开心地工作着。她又穿起了喜爱的红吊带,自信地走在上下班的路上。

她的身边追求者越来越多,但琼害怕再一次陷入 BRA 迷梦,她一一拒绝,对杰也不例外。

夏季的一天,琼下班走出店门,突然下起瓢泼大雨。琼想退回店门口躲雨,一把大伞撑到她的头上。

回头看到杰微黑的带笑的脸,琼心头一热。琼穿着喜爱的红吊带,外罩白色长袖纱衫,被雨一淋,原本飘飘的衣衫贴在平平的胸上,她抱紧双肩,羞愧交加。

她又一次生气地呵斥杰:"你嫌我还不够丢人吗?还来取笑!"

杰认真地说:"琼,我爱你,爱你面对打击不肯低头的勇气,难道有缺陷的人就不可以有爱情吗?我天天在等你。"琼走进伞里,幸福的泪水顺着脸庞流了下来……

杰陪着琼走过长街,穿行在人们的目光中。琼越发相信人们的目光里没有嘲弄,多的是一种钦佩和艳羡。那一刻她很自豪。

又一个初夏来了,琼和杰已昂首在长街上走过一年。

这晚送走最后一位客人,已是 10 点半了。琼走出店门。杰在马路边的梧桐树下站着,看到她,大步过来,拥住她。

杰说:"明天我们都不上班,找个环境优雅、闲人免进的地方,一起听着优美的音乐,谈谈下一步的计划。"

"下一步的计划?"

"是呀,你打算先结婚呢,还是先开美容店?"

琼笑了,夜风吹起她的长发和衣衫,红吊带在衣袂间隐隐现现。远处有悠长悠长的萨克斯乐曲若有若无地飘来。

琼调皮地说:"这是个问题,那么,我们来谈谈。"

柜员英姿

导读:当他听到这个公司名字轻轻从小伙嘴里吐出来时,耳边像炸响一个惊雷:这正是他公关多时不见成效的一个重点对象!

英姿是在银行大院里长大的,那个时候,全县城里只这一个银行,别的储钱的地方叫信用合作社。

英姿的父亲是行长,矮胖的身材,微微秃顶,总是红光满面,他的性子不急不慢,不多言语,稳稳的步子给人一种厚重感,似乎那一金库的钱都存在他中山装的四个衣兜里。英姿妈比父亲小许多,从农村出来,识字不多,宽扁的脸和身材,倒也适度匀称,也是和善平朴,不喜与大院中人呼长喊短地说话。金融家属

大院被一道道竹篱笆隔成一个个独立的小空间，几乎家家都喂了鸡。英姿家在长长的大院的最后，独立的，是一个单门独院，院里没有喂鸡，养着一院的花草。英姿上小学后，她妈才被安排进分行工作。

英姿继承了父母的性格，从小学到高中毕业十年间，从来没和人红过脸。高中一毕业，英姿就毫无悬念地进了银行做了柜员。从打算盘、数钞票开始学起，很快就熟悉了业务技能。上学时，学校的各种活动，她都是一个安安静静的好观众，在单位，各种竞技和表演，她也都是一个安安静静的好观众。一张像极了母亲的脸因为带着平和的微笑而显得纯美。

"英姿，下班走喽。我今天有个饭局，先走了。"盘点入库完毕，同事晓红背起手包边打招呼边出门。

"哎。你走吧，我把这乱纸收拾一下。"英姿把所有的废纸收拾到一处，理整齐，放到废纸篓里，又把废纸篓放到营业室临门的地方。这才洗净双手，涂上护手霜，叫上保安人员一起关门下锁。

每一天都是如此。新来的小同事云飞悄悄问晓红："英姿姐是不是和拾破烂的老头有亲戚？"

"没有。"

"可，为什么她每天把那些废纸打理齐整留给那老人呢？"

英姿听到了，微笑着，轻声说："他一个老年人，每天清晨来拾破烂，家里肯定艰难，孩子们也不会很孝顺。挺可怜的。"

云飞似乎明白了点什么，点点头。趁英姿上洗手间时，悄悄问："英姿姐看起来气质娴雅，其实家境不太好吧？"

"喊，她是老行长的千金，丈夫是个公务员，从来没有为钱和工作发过愁。"

"难以相信,她这样的家境,怎么会有同情心?!"

有一天清晨,下着小雨,老人没有来收拾废纸。英姿张望了几次,将废纸悄悄收到桌下。将近中午时,老人走到门口,特意认真地跺脚,蹭掉上面的泥才进来。英姿站起来刚要问话,老人迫不及待地将一只塑料袋放到柜台上:"闺女,我存钱,给你顶任务吧。"塑料袋里是身份证和几摞钞票。英姿数了数,整整一万元。她问:"老伯,您存多长时间?"

"一年吧。时间长了,我怕等不到那一天了。"

英姿站起来,温和地说:"别这样想,您还结实着呢。"她细心地记下了老人的姓名和地址。望着老人夹着废纸离去的背影,她心里阵阵发酸,破天荒地主动找晓红说话:"真可怜。也不知他儿女都是做什么的。"第二天,老人没有来,接下来半个月时间,老人依然没来。英姿托丈夫去寻找,丈夫回来说老人已经去世,他有一个女儿两个儿子,都忙碌着自己的家。老人平时从来不向他们要钱,也不要他们照顾。那天老人病了,住进医院,再也没有醒来。英姿通过司法渠道将存款交到继承人手上,问:"老人临终就没有交代存款?""没有,啥都交代了,一句也没提存款。"

英姿的眼里泛起泪花。

晓红当了分行的主任,云飞也连连参加系统竞技大赛获奖的时候,英姿依然是一名普普通通的柜员。她不努力,甚至没有用心去背诵国家新调整的存款利率。

一位大爷来到云飞柜前存款,问:"小伙子,现在存款利率是多少?"

云飞麻利地背诵:"三个月2.73%,6个月2.99%,1年3.25%……"还没等云飞说完,大爷就打断道:"你把文件拿给我看看。"

云飞看一眼大爷身后的长队不耐烦地拒绝,说自己很忙,没时间给他找文件。

另一个窗口上班的英姿趁着办完一项业务的档口，微笑着对老人家说："我这里有一个复印件，你看行不行？"她因自己记不住，备着一份。

老人接了复印件看着，又重新取了号，排到英姿跟前，一定要把钱在她这里存，还要把另一笔已经到期的存款也转存到她这里。因为刚刚上了些火气，天又热起来，老人额头淌下汗，就是想不起密码。英姿隔窗递出来一张纸巾让老人擦汗，一边安抚排在后面的客户。大厅里静下来，老人的心也清静下来。突然，他一拍大腿："想起来了。"

云飞一直没有说话，下班后，叫上几个伙计，喝得醉醺醺的，不停地抱怨上天很不公平，"努力"赶不上"运气"！

半个月后，人们都忘了这件事，老人领着一个年轻小伙来存款，小伙说公司老板是老人的儿子，听老人说了上次存款的事，决定将公司所有钱都转存到这里。

云飞隔窗问："什么公司？"

当他听到这个公司名字轻轻从小伙嘴里吐出来时，耳边像炸响一个惊雷：这正是他公关多时不见成效的一个重点对象！

吃红果的熊猫

导读：终于，一群小学生蹦跳着、欢叫着跑过来，围在秀葳画前，兴奋地叫着。突然一个孩子惊奇地问："熊猫吃山楂吗？"

秀葳开画展了。画展在她的家乡小城那条专门举办书画展出的长廊里举办。

但是她只有十一幅画，十道展框中的两格都没有占满。余下的地盘，一位中学美术老师拿出自己多年的习作，补满了。

开展那天很隆重，管文化的领导也来了，参观的人很多，很热闹，因为是元宵节前一天，传统的节庆拉开了序幕。

管文化的领导来参加开展式，第一是职责所在，第二是冲着秀葳的名号，她号称本地走出去的著名老画家的关门弟子，得了真传，回来汇报展出。

老画家是个可敬的人。他的成就很高，画作在国内外权威的书画馆收藏，是小城人的骄傲。他的画自成一体，形象稚拙，憨态可掬，逼真传神。画鱼儿戏水若将扑拉一声跃出水面，画燕子穿竹而舞若闻唧啾和鸣，画松鼠采果觅食令人屏息，怕稍一动，便惊得它跳踯飞逃……他的雄鸡也画得威风凛凛，寓意瑞祥。老人年龄越来越大，体胖虚弱，性格返璞归真，整天乐呵呵地，像极了自己画笔下的"国宝"。老人一生爱画若痴，为观察小动物的姿势、神态，常常采风深山，一住几个月。路过菜市场蹲下看鱼，一蹲半天。老人的生活需要照顾，便请家乡的秀葳来家中做保姆。

秀葳四十出头，初中毕业就做了包装工人，下岗后，辗转大城市打工。看到老人的画能卖那么大价钱,她便拿起画笔,认真学习。秀葳很聪明,很快就掌握了画燕子、熊猫、竹子和红果的技法。有人到老人的家中拜访,看到秀葳画的《竹燕图》《竹子熊猫图》大加赞赏,特意花钱求取。老画家对她也表扬不已。

秀葳按捺不住兴奋,辞了工作,回到家乡,决定办自己的画展。她先在镇上租下一间门面,开了一间画室,卖文房四宝,还有老画家的几幅赠画,然后开始为画展创作作品。她只会画那几样,就只拿那几样组合来组合去,经过半个冬天,终于在画展前完成了十一幅四尺斗方。

开展仪式过后,闹元宵的人们络绎不绝地参观画廊。秀葳很沮丧地发现,人们的眼光都在她的画前一扫而过,在美术老师的画作上流连忘返。美术老师不太爱说话,更不喜欢谈自己,说起书画来却口若悬河。对老画家的作品也了如指掌。他喜欢水墨山水,曾经走遍家乡的山山水水,采风写生。他这次展出的,是他创作十年的《印象家乡》。那水、那山、那庄、那人,让观赏的人似曾相识,倍感亲切,却又似是非是,美得如同世外桃源。人们在他的画作前聚集,称赞之声不绝于耳。

画展上了电视,大量的镜头对着美术老师,他指着自己的画,详细讲述作品的主题与思路。一家企业收藏了美术老师的《印象家乡》。秀葳的画在这场专为她策划的画展最显眼位置,画前一片空地,镜头一掠而过。

终于,一群小学生蹦跳着、欢叫着跑过来,围在秀葳画前,兴奋地叫着。突然一个孩子惊奇地问:"熊猫吃山楂吗?"

"不知道。"

"吃吧。要不画家怎么就画了熊猫吃山楂呢!"

孩子们议论着又跑走了。一位本地画家把目光转向秀葳,也

问了同一个问题,秀葳脸红了,羞愧地说:"我只会画燕子、熊猫、竹子、红果,就随便组合了一幅。"

三天的元宵画展终于熬过去了。秀葳收起自己的画,打电话给老画家,要求再去应聘做保姆,再好好研习绘画。

老画家马上答应:"来吧,画画呀,里头的学问,一辈子都研究不完呢。"

拯 救

导读: 乔编坚定地点头:"你经历了生活,得到通行证了。"

乔编从稿子上抬起头,扶扶眼镜望向门口,那里默默站着一个长发青年。他衣服破旧,目光呆滞,脚边放着一个编织袋。

编织袋里是用小学生作业本写成的一本本稿子。乔编认真翻看半天,摇摇头;再认真看半天,又摇摇头。对满脸期望的青年说:"走,先吃饭,我请客。"

乔编给青年倒了一杯,又倒一杯。狠狠心,豁出去说:"孩子,你还是找一个出力气的营生吧,你不是这块料。"

青年说:"真话?"

乔编点头:"真话。"

青年一口干掉面前的酒,伏在桌上一动不动。乔编在一边静静地等着。

终于,青年抬起头说:"走了。"把编织袋扔到垃圾箱边,离开了。

两年后,青年又站到乔编面前,他装扮虽不协调,却也光鲜,脸色红润,目光闪亮:"我搞养殖赚钱了,请你吃饭,你救了我。"

乔编舒了一口气,这两年他时刻惦记着青年,寝食难安。青年的到来也救了他,他知道自己做对了。他说:"你还要多读书,然后实现写作的梦想。"

青年的眼睛闪亮:"我还行吗?"

乔编坚定地点头:"你经历了生活,得到通行证了。"

第六辑

桃源渡

每一个从政的人都有一份清正的理想,是坚守,还是腐败,是执迷,还是顿悟,形形色色的人,形形色色的事……

桃源渡

文艾在"桃源渡"二楼的画室调制丹青。一边在画纸上构筑着她的桃源仙境，一边顺口唱道："闲居修心云梦山，桃花白云共盘桓。抛开浮生尘俗事，桃树荫里种庄田……"

文艾的嗓音难得一如少女般清越，飘出仿古木窗，引得院中树枝上挂着的一对鹦鹉唧啾学舌。

她推窗俯视，目光一下子定住了。院里站着一个男人，也正仰头望着她，让她一时分不清是梦是真。两个人静默着，鸟儿也知趣地敛声屏气。

男人踱了两步，打破宁静："这地方真有些超然世外。"

文艾已从二楼下来，她穿着烟灰色曳地薄毛料长裙，一顶同色同料的贝雷帽，肩上是一袭桃色披肩。文艾在小城是个另类的女子。春夏秋冬四季都戴着帽子、穿着裙子。

她让男人临窗坐下，几案上是一套茶具，文艾熟练地泡上大红袍，浓香便在这古色古香的客厅内氤氲。男人环顾四壁的奇石和书画，这些和茶香一样，甚至连同文艾都曾属于他，而现在，他只是一名不速之客。

文艾一杯一杯地给男人续茶，二人闲说一些当年在部队家属院里的趣事，又说到正上大学的儿子似乎谈恋爱了……不觉间，天已向晚。

文艾看男人没有要走的意思，便要他略坐坐，自己下厨去了。男人疲惫地歪在沙发上……信访办公室里,男人代表官方与倒闭企业职工代表谈判。他企图镇住纷乱的局面:"那是谁在大声乱说?"

一名工人站起来,说:"我叫李志高,高处长,我问你,听说我们老总给过你上百万的贿赂,可有此事?"

男人猝不及防,镇静了一下,一字一顿地说:"你,说话要有根据。"

"那么,请你告诉我们,你在市里买房产、包二奶、养私生子,这些钱是从哪儿来的?"

男人不知从何处分辩起,竟张口结舌了。

在人们的哄笑里,他站起来,甩门离去……猛一惊,却是南柯一梦。文艾已经把小米汤、香椿炒鸡蛋、玉米面桃花糕端上来了。

男人熟稔地端起碗,夹起一块桃花糕:"你做什么都这么精巧。"

文艾有些委屈地撇了一下嘴,但什么也没说。看男人吃完饭,便收了碗碟,顺口说:"一会儿,女子书画院的姐妹们要来,碰到了,怕不方便说话。"

男人静静走过院子,出了大门,猛然,院里,鹦鹉婉转地甩出一个长腔:"桃树荫里种庄田……"

男人失踪了。从接访现场出走后,一天没有讯息,两天没有讯息……三天了,知道这件事的人都慌了神。

第四天,文艾在鬼谷洞里找到男人。三天时间,他胡子长了,人也瘦了,一下子老了许多。文艾把水递给他:"老高,这是何苦呢?"

"何苦呢?"男人沉思。

当年男人从部队转业回来从政,离城五里的云梦山一带,曾是他的辖区。这里古代叫作桃源仙境,是远古高人鬼谷子隐居之地,他便计划在自己任期里种植桃树,建起一座百亩桃园。

妻子文艾到他的辖区看云梦山下桃源渡口,听着他的设想,兴奋不已。男人的脸却沉下来,他希望妻子能像其他家庭妇女那样,放弃自己的一切,以他为中心,持家相夫。她却发疯般地热爱艺术,跳舞、绘画、奇石……忙着一镇事务的男人常常食无着落。

文艾拿出多年积蓄,在云梦人家买了一块宅基,承包一块林地。她每日作画,捡石头,四处采风之外,就是到这块地上种桃树。

男人很孤独,特别是在单位餐厅吃饭的时候。

餐厅女工孟桃青春逼人,举手投足间充盈小女人的温柔体贴,男人有些痴迷:"孟桃、孟桃,你就是我的桃花梦嘛。"

男人就追着一个桃花梦离开文艾。

男人离开文艾的日子很忙碌,常常想回来看看桃源,看看文艾,却没有时间。

文艾环视鬼谷洞壁,男人离任后,这里的村民把洞不断扩大整修,还塑了鬼谷子像。男人不以为然:"人们总是用现代破坏历史。"

文艾说:"今人也都是后人的前辈,现代的东西,也是将来的古迹。看,你当年在洞口的题字,也会成为文物。将来的桃源村志上会记下'某年月日,某官高某在鬼谷洞口题字某某'。"

男人说,真想像鬼谷子那样,永远隐居在这里。

文艾说:"当年鬼谷子隐与不隐在于有无用武之地。而你呢,是在逃避一个男人的责任。每一个人都必须面对自己做过的一切,承担责任!"

男人点点头,又摇摇头。他打开手机,一阵猛烈的铃声重叠交响起来,收件箱满了。他一下子又和尘世链接起来,桃源之外那个世界,许许多多的人和事在等着他。

走出洞口,阳光刺眼,一辆轿车驶过来,载上男人,又驶走了。

文艾缓缓步下石阶,桃花开始落瓣,粉色香雪在她身边漫舞,她想:要换宽檐的遮阳帽了。

垂　钓

导读:赵局的眼睛毒,连水下的钩钩在鱼的上唇或下唇,一看水波就判断得出来。溜足溜够了,说一声鱼钩挂的位置,吆喝一声,竿梢一弹,"嗖——"鱼出来了,鱼钩一丝不差地挂着他说的地方!

夕阳晚照是鱼塘最美的时刻,老丁划着小木船在塘中给鱼喂食,鱼群追随着他,与他嬉戏着。

"老丁,一向可好?"岸上响起一个熟悉的声音。老丁想都没想,马上确认这是老领导赵局来了。

赵局推开老伴的搀扶,笑一笑,让老伴把带来的钓鱼工具往地上一放,说:"老丁,在你这里练练手,行不?"

老丁忙不迭地点头,老局长能用到自己,幸福感一下子涌上来。他对大自己两岁的赵局始终充满了感激之情,儿子丁卫从部队退伍回来,安置一直是个问题,是赵局帮忙各处疏通,给他办

了提前退休,让儿子顶了他的编制,进了局机关。现在赵局二线了,马上要退休了,他丁家更不能怠慢恩人。

直钓到天黑下来,也没有一只鱼上钩,赵局兴致稍减:"这地方蛮好,我三天后再来。"老丁转身进了守塘的小屋,拿出渔网,斜斜地把网抖开个小圆下去,打上来五六条一斤多的白鲢和两条二斤多的草鱼,用一只网袋装了,送到赵局车上。赵局临走时,往小屋一瞥,看到老丁摊在木架上的颜料和画的鱼画,便走近细看,赞许地说:"不错,真画出神韵了。"

老丁不好意思地说:"还不是当初赵局让我们都学习字画,我那时也没好好练。这两年一个人在鱼塘闲着时,就拿小孙女学画画的材料自己涂几笔。"

赵局每隔三天来垂钓一次. 每次都有大鱼上钩。他兴奋地拽着鱼,沿塘不觉一跑十几圈,从此,他爱上钓鱼,精神明显转好,说话的声音又像洪钟了。

渐渐地,赵局练出一手溜鱼绝技。他一来钓鱼,就有一大群人跟来围观。

赵局把着鱼竿,鱼往前冲,他把杆向左撇,鱼向后返,他把杆往右歪。操纵水中上钩的鱼沿着八字忽进忽退地疾游。"八"字形波一波推着一波在塘上荡漾,直溜到整个鱼塘都在簌簌发抖。

赵局的眼睛毒,连水下的钩钓在鱼的上唇或下唇,一看水波就判断得出来。溜足溜够了,说一声鱼钩挂的位置,吆喝一声,竿梢一弹,"嗖——"鱼出来了,鱼钩一丝不差地挂着他说的地方!

而鱼,早已经被折腾得没有一丝挣扎的力气,翻着肚皮,张大嘴巴,一动也不动。

看的人惊呆了,向他请教,他向小屋望望,说:"钩钓在鱼身不同位置搅起的水波不一样,就像作画时,顺锋和侧锋画出的画不一样。"

每当赵局表演垂钓,赢来阵阵喝彩时,老丁都默默地退回他的小屋,一笔一笔画着鱼儿。老丁无缘由地越来越瘦,行动也越来越无力。

被医生预言活不过半年的赵局,脸色红润,精力充沛,看起来再活十年八年不成问题。他钓鱼的绝技传得远了,有人慕名远道来欣赏学习,但他始终守着老规矩,每隔三天垂钓一次。就连省领导也足足等了三天,才等到他表演的时间。

夕阳唱晚,塘水染霞,人们簇拥着领导和赵局一起来到鱼塘,赵局看好一个位置,便甩下钓钩。但是鱼都避开了,没有一只吞饵。赵局的汗都下来了,换了十多个位置,试了几种钓饵,都不奏效。鱼就像互相通了讯息,知道那钓钩的危险,没有一条上当。赵局心里一急,便大叫老丁。应声走来的是一个年轻人,自己说是老丁侄儿,叔叔昨晚突然发病住院,这会儿不知死活呢。

人们又纷纷称奇,这鱼还能通人性,知道主人病了?

赵局甩了鱼竿便赶往医院,抓住医生的胳膊问老丁病情,医生告诉他老丁得的是肝癌,发展得很快。赵局一直认为病是心郁不化,积聚成的,可老丁是很开朗的人呀!

刚刚能说出话来的老丁看到赵局,忙欠起身道歉:"对不起,这一下子病得急,没顾上交代侄儿,逢您来垂钓的前一日和当日,不要喂鱼。要不,鱼不咬钩。鱼也是有灵性的,啥都知道,不是饿极了,它……"

老丁说着鱼,如同说着自己的孩子。

赵局愣在当地,原来,自己垂钓的鱼钩一只只都挂在老丁的心上,他怎能不病!

赵局回到鱼塘边,细视老丁小屋里的鱼画,有悠然娴静的,有

活泼顽皮的，有亲昵热情的，也有惊恐挣扎的……一张张都像自己溜过的鱼。他挥手让人把自己的鱼竿拿开，沿着鱼塘走起来。

手足情

导读：姬庆背过脸去，刚好接住弟媳递过来的稀饭，泪扑嗒一声滴进碗里。那晚，兄弟俩铺张凉席睡在爹床前，一直说到天微微放明。

空调机发出轻微的嗡嗡声，凉气不断地送出，税务稽查局长姬庆带着几名稽查人员屏气静声，仔细地核算着一笔笔数据。

突然，姬局电话响了起来，是老家打来的，说爹病重，要他立即回去，迟了，怕是见不到了。

姬局的脑子一下子变成空白，额头起一层细密的汗珠。旋即，在空调的凉风下，他的头脑又冷静下来，转了一个个儿：这次所得税汇算中，稽查人员发现弟弟姬喜的"庆喜"建筑公司有偷税嫌疑，他知道后亲自出马将公司的账目核实了一遍，查出税罚合计15万元。他没有犹豫，立马责令弟弟限期缴纳。弟弟这几天一直没有动静，肯定是怒了，驱车回老家找爹告状。爹一定是为这事生了气，打电话让自己回去受训。

想到这里，姬庆踱到隔壁自己的办公室，点燃一支烟，陷入沉思。

娘在他双胞胎弟兄五岁时，一病不起，撒手离世。一条腿不方便的爹左肩扛着他，右肩扛着他的弟弟，硬把他们供到初中毕业。爹再也直不起腰来,不能同时托起两个孩子的负荷。一贫如洗的小农舍开起了家庭会议,决定两个兄弟谁继续上学,谁在家务农。

兄弟俩学习都不差,每次考试,都给爹争脸儿。只是哥哥的身体孱弱,弟弟身壮如牛。出门在外,弟弟总保护哥哥,在外人看来,弟弟倒像是哥哥。

哥哥姬庆先表态:"让弟弟考大学吧,我这多病的身体成不了大事"。弟弟姬喜马上跳起来:"哥,你考大学最合适!瞧你拿不动锄头,挑不起担子,怎么能干动农活?!我身体棒,有的是力气,可以帮爹开山挖田,挣钱供你上学!"

三年后,姬庆考上了一所重点大学,姬喜承担起了家庭的全部重担,在家种地养牛供给哥哥。

又过了四年,哥哥成了一名税务干部,弟弟承包了老家半架荒坡,办起了养殖场,很快脱贫致富,又与人合伙开了一家建筑公司。一年后姬庆和局长的千金结了婚,并在女方安了家。弟弟将家里土坯房盖成了砖瓦房,和妻子一道孝敬父亲。

姬庆的心里始终感激着弟弟,也对弟弟有骨气,勤勤恳恳干出一份家业,着实敬佩。姬喜也为有一位当税务干部的哥哥而自豪。

日子流水一样淌过,姬庆当上了地税局稽查局长,弟弟也成立了自己的建筑公司,为了表达手足情深,他把公司取名"庆喜"。弟弟一家在城里拥有宽敞住房了,爹却不愿离开老家的瓦房屋。弟兄俩也就由着他了。但是,两个人无论多忙,只要爹一声召唤,都立即赶回去尽孝。

这一次,姬庆有些发怵,犹豫了半天。他怕面对父亲那满含慈爱和严厉的目光,更怕听弟弟不满的牢骚。十五万,对一滴血一滴汗挣下一大摊家业的弟弟来说,就是一块心尖肉啊!弟弟辛苦供自己上学,不就是盼着哥有了出息,干出名堂,帮衬自己吗?哥却为了公家"治"起弟弟来了。这个疙瘩,得慢慢去解呀!

稽查员小郑敲门进来,请示"前平"公司偷漏的税款怎么办?

姬庆坚定地摇摇头:"不符合减免规定,马上催交!"

小郑嗫嚅:"'上边'的交代……"

"尽快催交,等事情办完了,我去跟'上边'请罪!"

小郑感动地点点头,又问:"'庆喜'公司有回应吗?"

姬庆立即皱起眉头,小郑知趣地退了出去。姬庆抽完手中的烟,摁灭烟头,下了最大决心,赶往乡下老家。

天空乌云四合,黑得像锅底一般。屋里开着灯,风扇吱吱地摇着头。爹真的病了,躺在床上,人瘦了不少。这些天,姬庆一直忙工作,爹不让弟弟把病情告诉他。

看到弟弟,姬庆脸色有些尴尬,他怕弟弟说起补税的事。前来探望的人们渐渐离去,屋里只剩下父子三人,隆隆的雷声在屋顶炸响,雨瓢泼一般降下来。

姬庆打破了沉寂:"这些天,你辛苦了。"

弟弟听了这话,把一腔的牢骚都化作了委屈,别转头去,不说话。

爹在床上吃力地说:"喜子,关紧时候又不会说话了,赶紧跟你哥说个情,他正管着这事,啥还能顶住这手跟脚流的是一股血!"

弟弟终于憋红了脸说:"哥,咱这几年的钱也不是好挣的,你看就不能想点门儿,不交,或者少交点?"

姬庆把他们都知道的交税的道理又说了一遍,说:"我当着这办税官,咱都光荣。要是因为给自己兄弟开了绿灯,我犯了错误,保不住工作了,喜子那税还是得交。咱们割了脚筋补手筋,结果,手没治好,脚也残了。"

"真没门?"弟又问。

"真没门!"哥坚决地说,"'上边'交代的'前平'公司也不能例外!"

"那行,我就等这几句话。看,钱都在这里呢。你明儿请半天假照顾咱爹,我一早就去把税款交了。"

姬庆背过脸去,刚好接住弟媳递过来的稀饭,泪扑嗒一声滴进碗里。那晚,兄弟俩铺张凉席睡在爹床前,一直说到天微微放明!

访雪图

导读:果然,在烛光下,原本是淡淡的朱红色,竟然好像吸收了烛光似的,颜色渐浓,那些红叶也随之增鲜添艳,生色不少。不仅如此,只要烛光微一晃动,那些红叶竟也飘摇起来,仿佛正在秋风中呢喃低语。

这是宋代"活画张"著名的《访雪图》。据说这位画家的活画技艺在当世到了登峰造极的地步。活画张算起来跟张振是同宗。

陈大头送这张画来的时候,就托词替他找到了祖上遗留在民间的作品。他不收就不便了,况且,字画不同于物品,价钱是无法估量的。如果是赝品,也就一钱不值了。

张振知道陈大头的心思,人无所求不送礼,他冲着的是渡江

新桥工程,工程招标,张振一直死死把关。

张振凝望着这幅画,百思不得其解。

画面上只是一座枫叶红了的大山而已,在层层红叶之中,隐现着宫宇的一角。画的笔法很好,枫叶枫树的层次感和细节都出来了。

这些宋代的活画,夜间点了蜡烛来看会出现不同的画面。果然,在烛光下,原本是淡淡的朱红色,竟然好像吸收了烛光似的,颜色渐浓,那些红叶也随之增鲜添艳,生色不少。不仅如此,只要烛光微一晃动,那些红叶竟也飘摇起来,仿佛正在秋风中呢喃低语。

张振低呼一声,对宋代活画的技艺更加刮目相看。

可他为什么叫"访雪图"?又为什么当世"名骗"在得到这幅图后,举行了一次盛大的宴会。宴会之后,竟然抛下世间的荣华富贵,隐居城外,出家做了普度众生的和尚呢?

这时手机短信提示音响了。是陈大头发来的,自从张振收下这幅画,陈大头反而一次也没有提起过渡桥工程的事,只是每天都发过来短信,短信也没实质内容,把电信公司每日例行的祝福短信,末尾标上陈大头,转发过来而已,那意思却分明是在提醒张振:勿忘我。

张振一直没有松口,公开招标,只要有足够的资金和实力,都可以参与。陈大头最后的中标,张振没有说过一句"使劲儿"的话,但是陈大头依然很感激他,问候的短信依然一日一个。渡桥工程建到一半的时候,竟然下起了连淫雨,五天五夜暴雨,原来干涸的河滩,被闲人开垦,种菜种庄稼,这时全成了一片汪洋。

张振冒雨到各个县区乡镇视察,指挥迁移和救人。

这晚,雨停下来,水位也有所回落,张振回到办公室稍歇一会儿。

他关了灯，靠在椅子上闭上眼，回忆抗洪前前后后的情景。天晴了，月光从窗口照进来，落在对面的画上，张振猛一睁眼，看到了一幅奇异的画面：

在月光中，那些红叶的朱红色完全消失，枫红层层化成雪花片片，满山红叶变为白雪纷飞，那酒香四溢的甘泉也结为泉霜，冻成酒冰。生趣盎然的世外桃源转眼化为死气沉沉的人间地狱。再看那伫立路旁的老翁，原本他双眼微泛酡红，此刻却已变成了漆黑的空洞，形如骷髅骨，状似鬼魅幽魂！这世上竟有如此恐怖妖异的图画！

第二天，张振去了一趟省城。回来，又亲自监督防洪工程和渡江大桥的施工，几乎每天都要到工地视察。那天，他亲自发现了渡江大桥施工中的偷工减料问题。其实，他早就收到了举报信，没有证据，他一直没有声张。抓到真实证据，他倒吸一口凉气：如果桥就这样捏豆腐渣一样完成了，一场洪水下来，大桥、车辆、生命顷刻之间化为乌有！就像《访雪图》上的变化。亡羊补牢犹未晚也，张振命令渡桥工程立即返工。

陈大头气急败坏，为中标，他四处送礼，已入不敷出。仅那幅《访雪图》真迹，就花去他八十万，何况有一处香烧不到，他可能就半途而废了。如果返工，就是要把他陈大头的骨头拿去榨油呀。

张振的态度丝毫不肯松动。

走投无路的陈大头就把张振告了。

省纪委的车悄无声息地停在张振办公楼下，一行三人进了他的办公室。

"就是这幅画。"一个人指着墙上的《访雪图》说。

另一个人扯上窗帘，点燃手中的打火机，与烛光相近的光线

在室内亮起,画面上的枫叶像醉了一般酡红一片,光线摇曳,叶片却纹丝不动。

打火机灭了,来人说:"请你和我们走一趟吧,还有这幅画。"

张振点点头。他从抽屉取出一只纸夹,在里面拿出两张票证。

五天,张振未回,与渡江工程有关的官员也全部被控制起来。人们都在悄悄传说张振被双规了。

但是新的一周开始时,张振回来了,立即召开会议,筹备渡江大桥重新施工。

原来,他拿着的两张票证,一张是向省博物馆捐赠张大师真迹的收据,另一张是他让开封一知名画家仿制《访雪图》的付款收据。

观音堂

导读: 观音堂,观音堂,我反复念叨着这个名字,希望住在里面的人夜静更深时,念念母恩、亲恩……

泪水不觉滑落,滴在怀中小男孩的脸上,小男孩在梦中扭了扭脖子,喃喃低呼:"妈妈……爸爸……"

观音堂是个地名,坐落在洛阳与三门峡两座城市中间。第一次听到这个名字,心中为这个名字莫名感慨。我因为探望一位亲戚,才打听到这个所在。我乘坐的汽车在公路上奔驰了两个多小时,转了几个弯,才找到标识着"观音堂"的路牌,在路口下了公路。

按照路标,往观音堂去是一段碎石与泥土混铺窄路,七转八弯约莫有半个小时的路程,才到了一个前不着村后不着店的工厂一样的所在,四围高墙耸立,戒备森严。

我带着四岁的小男孩走下车,低声叮嘱他:"就要见到你爸爸了,听话。"

望着门口站岗的警察,男孩问:"大姨,爸是警察吗?"

我扯着他的手,抖了下,一声不响地往前走。在身份审查室里,我验完身份证和妹妹的死亡证明,然后开始陈述对许多人说过无数遍的一段话。

我说,我妹妹死了,凌晨下夜班后,和两名同事站在路灯下等车,醉驾出租车司机迎面冲过来,先撞伤了一名同事,又撞死了她。

我把那懵懂地站在旁边的男孩往前推推,说这就是她留下的孩子,刚过的四岁。孩子奶奶八十多岁了,自己都顾不了自己,五十多风的姑姑有病,还要照顾老娘。

警察发出一阵感慨,然后把接见手续办了,让我带着男孩进到一个地下室的入口。从那里弯弯绕绕上去,来到有警察站岗的大厅,把手续条交给值班干警。被安排在一个接见区里。

我拉男孩坐在长排连椅上,说:"安静些,一会儿就见到你的爸爸了。你还能认出他吗?"

男孩懂事地点头,说认得爸爸。父子天性,尽管他们分别时孩子才三岁,但他始终没有忘记爸爸。

等了很久很久,警察说早已把消息传进去了,里面也有许多手续要办。

男孩开始不耐烦起来,一会悄悄说想要其他探视者的火腿肠吃,一会儿又在走道里走起正步,举手敬礼,大声叫着"一、二、

一"。等候接见的人明显是被他的天真吸引了,却都讪着脸,笑不出来。在相邻的接见区,玻璃里面是清一色的灰色服装,有老有少,玻璃外面都是两位老人,或者一位少妇……里面的人和外面的人隔着玻璃,用话筒对话,说着说着,都流下泪来。

小男孩好奇起来,好笑地问:"大姨,为什么他们都哭了?"

"因为他们不能见面。"

"他们在里面不能出来?"

"是的,他们做了错事,在受惩罚。"

"我爸爸也做了坏事,他打妈妈,他拿了别人东西。"

"对的,好孩子。他受了惩罚,就变好了。出来带着你好好过日子。"

又是漫长的等待。

狱警过来说,这个区的人都派出去劳动了,要接见,得先办好手续,派人去接替他们劳动,然后再把他们带到这边来。

静静地等待时,一位五十多岁的干瘦女人试探地走过来,轻声问:"你们是带车过来的吧?"

我点头。

她说:"如果坐得下,我趁趁你们的车吧,我给你们车钱,该是多少钱是多少钱。本来想见一面就搭小三轮赶上公交回去的,可再晚一会儿就没车了。"

我说当然可以了,不要她的钱。

她便絮絮地说住在洛阳城郊,大儿子住进去时才十八岁,判了八年,剩下最后一年了。她年年春节前来探望儿子,看着他一年年变样,变成了二十五岁的大小伙子。

他进去后村里就销了他的户口,这几年城市扩建,每个人都分到了可观的赔偿,他户口不在,一分也没分得。没了土地,她辛

苦打工,微薄的收入攒下来,来贴补儿子的生活。如果他在外面,随便做个什么正当生意,也能养家糊口了。好在还有一年,他出来了才二十六岁,一切从头开始,都不晚。

妇人黧黑的面皮干枯多皱,眼睛显得格外小,努力巴睁着,叹气道:"当初,他结交了一帮子痞子,整日吃喝玩乐,最后抢劫被抓了。"

妹夫和妇人的儿子跟在狱警后面走过来,看到我,他哭了。我也流泪了。他没有进去的时候,我嫌弃他的不正道,已不搭理他了。他知道我能来看他,是因为我妹妹已经不在了。

小男孩对着话筒叫爸爸。男孩回过头来说:"爸爸眼睛怎么了?怎么不停地流水?"

我简单地说了一些家常话。答应替他好好照顾小孩。

他拿着物品进去了,一次次犯错误,他的母亲和姐姐一次次原谅他,直到他丢了工作,一无所有;我的妹妹接受他,一次次帮助他,原谅他,直到他最后为了奢侈,偷盗案发。

不知道这个叫"观音堂"的地方,能给他多少教育。希望他走出来,改过自新,重新做一个人!

妇人也含着泪看儿子又走进去。

她说儿子嫌她送的钱少了。我的心一阵紧缩。

旷地的寒风凛冽,我招呼妇人快些进车里。她蜷缩在座位上,反复道谢。

车进入市区,灯光如流水往后退去,很快到了牡丹广场,妇人从这里转市内公交车,就可以很快到家了。

妇人在昏暗的灯光中渐渐走远,融入夜色。

观音堂,观音堂,我反复念叨着这个名字,希望住在里面的人夜静更深时,念念母恩、亲恩……

泪水不觉滑落,滴在怀中小男孩的脸上,小男孩在梦中扭了扭脖子,喃喃低呼:"妈妈……爸爸……"

到大城市去做平民

导读:每当陈建平顶着一张在电视上被人看熟的脸走过大街时,总有人笑容满面地打招呼,或者敬畏地回避。生活在众目关注之下,他不得不时时刻刻检点自己的言行,留意影响。

排了一个多小时队,陈建平终于看了医生,拿了药。

县里每年的公务员例行体检时,心电图显示:房颤。平时没感到有什么不对头,也许是喝酒的缘故吧。体检要求三天前开始禁酒,可体检的头天,市领导下来检查,晚上招待一下,给领导敬酒,自己不喝怎么能行。不要说是第二天体检,就是更大的理由,也不好拿出来。一喝,体检还真的就出了问题。

体检结果一出来,送医送药上门的,关心慰问的应接不暇。陈建平就烦,烦做领导的生活。做一个平民多好,但是他已经回不去了。最早的时候,做一名代课老师,然后考师范,做正式老师,出门学习一次,提拔一次。在基层工作,总要出真力气,下大功夫。摸爬滚打几十年,一步一个脚印到了现在的位置。待遇很优厚,但是自由没有了。

每当陈建平顶着一张在电视上被人看熟的脸走过大街时,总有人笑容满面地打招呼,或者敬畏地回避。生活在众目关注之下,他不得不时时刻刻检点自己的言行,留意影响。

所以每逢周末,他宁可到市里去,在大城市里,过一种平民的生活。没有人认得他,他平凡得和每一个从街上走过的人一样。他可以轻松购物,可以悠闲品茶,可以习惯性地收起双腿,把下巴支在腿上,看着窗外形形色色的众生。当然也可以在"大浪淘沙"洗澡,让搓背工细细致致地把全身搓得干净,松爽。然后换上休闲服,到楼上贵宾室休息,下下象棋,打打麻将。这里的贵宾,是对顾客的统称,顾客是上帝,来消费的都是店家的贵人。这和在县里做领导,时时被让到贵宾室的感觉是不一样的。他很惬意这种平民贵宾的感觉。

今天,他就一个人开了车,到市里据说医术最好的涧西医院,看病,这里没人认得他。像平民一样排队候医的感觉真好。

赵莹瑜的短信来了。她说自己也来到市里,正联系好一帮文朋诗友,大家要聚聚。问候陈建平周末好。

赵莹瑜是一方才女,接连出了反腐倡廉长篇小说三部曲。陈建平在一次文联颁奖会上,见到赵莹瑜。才知道她是一名中学老师,任着很重的课,在闲暇时间写出这么多作品,的确难得。陈建平特意鼓励叮咛了她几句,表示父母官对地方才女的关怀。赵莹瑜很感动,之后,在节假日,常发短信问候他。时间久了,她把他当作了一个朋友,时常谈一下自己的动态和对时事的看法。陈建平和县里人的来往很谨慎,赵莹瑜是为数不多的保持这么久且频繁通信的人,还是个才女,长得也很不错。就是因为赵莹瑜把陈建平当作了一个朋友,一个普通的、平民意义的朋友。

陈建平想请赵莹瑜吃一顿饭。就像她和她的那些文朋诗友一样地见个面。他把自己的想法发短信给赵莹瑜。赵莹瑜说离中午聚会还有一段时间,她等他一起喝茶。

陈建平再在队伍里排着时，心就不静了。时间慢慢地流逝，陈建平享受平民生活的自由时，也尝到了平民的辛苦无奈。终于取到药时，赵莹瑜短信说他和一帮文友到"大浪淘沙"去了。

"大浪淘沙"洗浴中心在夏初已推出特价优惠，30元一位享受洗浴，休闲，午餐。对于一帮工薪族文友来说，这是极佳的聚会场所，大家分头洗浴之后，穿着统一服饰，聚到休息大厅里，落地的长窗里能看到外面的蓝天，远处的楼宇。大家在长铺上躺下来，看电视，谈文学，读杂志，点一壶可以续杯的俄罗斯红茶，慢慢地啜饮，他们的聚会很多，所以大家都毫无芥蒂地施行 AA 制。

赵莹瑜没想到陈建平会到"大浪淘沙"来，陈建平坐到不远处一张桌子边，赵莹瑜和文友们打个招呼走过去，坐到他身边。赵莹瑜向他介绍了自己的这些文友，和他们平时的活动情况，关切地询问陈建平的病情。

陈建平很向往他们这种生活，他想，哪天不再抓主要工作了，也招集自己的好友，这样 AA 制，轻轻松松地玩一把。不用像现在这样，来一趟这样的场所搞得像微服出巡似的，悄悄一个人开车来，悄悄一个人走。

一位文友把手中扑克让给陈建平，让他和大家斗地主。陈建平接过牌，当年做老师时和一帮年轻人甩扑克的劲头一下子上来了，大秀牌技。

中午吃饭的时间到了，赵莹瑜和文友们约他一起到餐厅吃饭，他毫不犹豫地跟着一起吃，一边吃，还一边风趣地讲了两个不黄不色却令人捧腹的小段子。

腰间的手机震动起来时，他想起自己的身份，正襟端坐接完电话，起身和大家一一握手告辞。下午县上临时有一个重要会议，他得赶回去了。

他快快乐乐地给自己的一份快乐付了A费。

当车驶上通往县城的高速时，他的神经绷紧了。从一个平民，变成了父母官。

匿名信

导读：丁征宇不抽烟，但他却下意识地而且非常熟练地把桌上的香烟、火机拨过来，抽出一支，"叭"的一声点上，深深地吸了一口。等一口烟雾把他笼罩了，又渐渐散开，才又伸手拿过那张纸。这是一封匿名信，A4纸，机打的，如此，名字匿了，连笔迹也匿了。

丁征宇不抽烟，但他却下意识地而且非常熟练地把桌上的香烟、火机拨过来，抽出一支，"叭"的一声点上，深深地吸了一口。等一口烟雾把他笼罩了，又渐渐散开，才又伸手拿过那张纸。

这是一封匿名信，A4纸，机打的，如此，名字匿了，连笔迹也匿了。

"妈的，是人就真刀真枪干，暗箭伤人算什么！"丁征宇在心里骂，多年政界的修养，让他脸上板板的，没有表情。但对面的县委马书记却有一双看透人心的利眼，依然微笑，却笑里藏话："怎么样，老丁？我正要通知你来谈谈，你自己赶过来了，想说什么？"

老丁还能说什么，他本来是想自己马上要退二线了，来请求上级安排继任时考虑一镇工作的连续性，让镇长接替他的书记，让政工书记接镇长……打破河湾镇历届从没有镇长能接书记、

没有政工书记能接镇长的怪现象！可是这封信,明显地,就是有人怕他在政策内请求放宽再干两年或者推荐了别人接任,耽误了自己的仕途。

一支烟抽完,老丁由愤怒转为伤感,他叹口气说:"落不住,我咋就落不住个好呢。"

想当年,他在部队做到营级,转业就奔了拔菜坪乡。好大一座清凉寨山呀,由于山里人没有别的收入,砍伐未成年林,卖窑木、种木耳,使一山葱郁,变成了斑秃。

要制止伐林,就得先让村民有收入。丁征宇埋头农业科技书本,电视农村频道,发现可以用朽木枯木和玉米秸做代料,继续种食用菌。

当时的县委王书记接到一封告丁征宇不务正业的匿名信。

那是暮春,雨后初晴,王书记一大早就让司机开着吉普车直奔拔菜坪。乡政府值班的小伙看到书记的车,转身就往后山跑。王书记就让司机开车追,直追到山凹下的大坪。值班小伙喘着气冲一堆围着的村民叫:"丁……乡长……"

老丁从乡亲中走出来,他穿着撒口布鞋,挽着军裤腿,披一件老乡的夹袄。看到王书记,忙拍着手上的料渣,揉揉发红的眼睛。他和乡亲做废料代木养菌实验,不觉熬了一夜。

王书记要调走时,向接任的李书记推荐丁征宇做河湾乡书记。李书记把任命书交到他手里的时候,拍着他的肩膀说:"任重道远呀！"

丁征宇心潮澎湃,他使劲点头。等到了河弯乡,便傻眼了。正是秋收时节,玉米秆长短错落竖在地里,间或有几个妇女正在用锄头把玉米秆打倒,捆起来,背到地头。麦子都还没种上,劳力们都出门打工去了。

小镇的街上,雨后春笋般开起来的一间间店铺,都没有了当初的红火,许多关起门,贴上了转让条。

丁征宇把全部希望寄托到河弯龙头企业润泽机械厂,但是一直走到机械厂门口也听不到有金属声响,铁栏大门里荒草长起多高,一直漫延到车间深处。

"润泽厂那对父子企业家呢?"

"下南方打工了。"

"叫回来。有什么困难,乡党委解决。"

企业家父子回来了。他们重新开始经营润泽机械厂。

乡里要接待投资商,在县城凤翔酒家吃了一顿,结账时,收银员说:"河弯乡不能签字赊账。"丁书记知道,河弯乡穷,前几任,欠酒店的帐太多了,断了人缘。

那之后的日日夜夜,丁书记的心里全是"致富"。润泽厂的发展,遇到障碍,父子二人再次决定带资到南方发展。那天清早骤雨正猛,丁书记放下电话就往外跑,站到街口上,拦住了南去的汽车。丁书记在雨中郑重担保,若替他们解决不了困难,他就辞职回家种红薯!

润泽公司给河弯镇带来了新的局面,另外七、八家小企业也相继兴隆起来。

……

"你知道这匿名信是谁写的吗?"书记郑重地问。

"不知道。但是,肯定不会是那帮伙计! 这些年,他们是我左右手。我确实换了辆好车,把旧车给了镇长,也吃了喝了。凤翔酒家打电话让我们去赊账,我们不去。我规定接待客人,到县城最高档的龙源,工作餐就去润泽公司餐厅吃面条。这些都是事实,但是……"

"嗯。"马书记把身体往后背一靠,"你说的对。这是我写的。"

"你?!"丁征宇的眼睛瞪得快要裂开了。

"是我。我是文秘出身,模拟个这不难,呵呵。"

"那你这是为了……"丁征宇脸上表情瞬息万变,难道在这"动"人的关键时期,马书记也有要意思意思,可自己一点心理准备都没有。

"你说,谁到一个地方负责,不是想把工作做好?造福一方百姓那是高调说法;咱掏心窝吧,把工作搞好了,出了成绩,才显得自己不是个窝囊废,没有白拿'俸禄'。河弯镇是个重镇,你年龄到了,下一届人选我得慎重。现在,我心中有数了。"

雪花那个飘

导读:他走的那天,雪很大,送行的人来了很多,各行各业的。汽车排满了偏僻小村的不宽的水泥路。是有一帮小青年执父子礼,跟在他的灵车后为他送行。

她的脸上热热湿湿地淌下两行泪,嗔道:"你这人啊……"

黄昏的时候,下雪了,鹅毛般的雪片从雾霾半月的天空飘飘而降,瞬间,通往村里和村后的路都一片雪白。

这座深山窝里宽敞而简朴的小院是他的,三间上屋,两间厢房,都只盖了一层。屋里的旧家具,大概是他从城里淘汰下来的。平时,年迈的老娘住在这里,今天,老娘被转移到别处去了,不让她知道儿子离开的消息。一幅黑色挽幛挂在东门上,在他的名字后面写着"同志",显示着他与村人身份的不同。

妻坐在正屋的里间,安排丧仪的一些繁杂事务,接待前来吊唁的亲朋,应酬公务性慰问。

他的离开很突然,突然得他的妻子一点悲伤的感觉都没有,"像在做梦,"她摇摇头,"下午,他还对退休老干部进行慰问,晚上,安排了联欢便宴,这样的大场面,他总是礼节性地拿酒沾沾嘴唇,回来,感到累,就躺下睡了。夜里两点的时候,发现他有些不对劲,忙叫人抢救就不行了。"

没有悬念,这有些满足不了探询者的猎奇心理,像他这样一个官员应该有许多谈资的,比如令人瞠目的豪宅,让人侧目的情妇,引人注目的排场仪式……都没有,他静静地躺着,清瘦的身躯在一层层宽大的藏蓝色寿衣里显得格外弱小,是的,他累了。

其实,他在五年前的公务员体检中就发现心脏有病——房颤,这几年,他觉得特别累,扛不住了的时候,就会独自一个人飞往北京找专家,再独自一人带着一包药回来。

妻不知道这些,她也很忙很累。没有公务应酬时,他总赶回家里,妻将一碗手工面放到他手里,看他吃得津津有味,甜蜜地嗔:"你忙的都是家外的事,这个家的事,里里外外可都是我做的。"他心里一阵暖流,便自己端着空碗去盛了面条汤,一口一口吸溜着,笑望妻:"辛苦了。"一碗面汤喝完,他心满意足地舒一口气:"还是在家里吃你做的饭舒坦。"他这样说的时候,妻心里的怨和身上的累就像被春风吹走了似的:"哄死人不偿命的嘴!"

"那是,要不咋把你哄到俺家了。你眼光好,这点我不跟你争,跟着我这辈子不亏吧?"

"当年,就是看上你认俩字,人干净。"

"那不是吹的。"

……

想到这里,妻忍不住发笑,外屋灵堂的哭声惊醒她的沉思,她才意识到他离开了。来吊唁的是几个女性,三四十岁年纪,有教师有公务员有记者,她都认得。他在文化宣传口的时候,和这些人有工作联系,他帮助过她们什么吧,所以在飘雪的黄昏,她们翻山越沟地来祭奠他。妻走过去,一个个拉起她们……她们或许还没走回家,一段传闻便在街巷里如雪片一样飞传:

"他很想要一个儿子,但是妻子生了一个女儿,再生还是女儿……留下了两个,送出去了仨。妻不能生育了。他自己在外找了一个年轻女子,生了一个儿子。这事儿一直瞒得紧紧地。他的妻子是知道的。他停灵在老家的时候,来吊唁的人很多,管事的人不让那女子来看,一直到黄昏,人少了,才让那女子来告别一下亡灵。"

这话传到妻的耳朵里,已经是三个月以后了。妻便流下泪来,当年,她怀上第二胎时,他正在从副科提正科的考核中,那是计划生育最紧张的时期,他坚决不同意要,她坚持要生下来。结果,她自作主张躲到另一个城市的亲戚家中,生下第二个女儿并一直托养在那里,直到政策松动,交了罚款,才带回来上小学。之后,他一直在政界走得很顺,为这"顺",他很自律,牺牲了很多,包括再也没有要第三胎。

二女儿在出生的城市里就业了,他们夫妻拿出积蓄在那里买了一套小小的二手房,每到周末,大女儿开车载他们到市里和二女儿团聚。二女儿结婚生子,大女儿结婚生子,老娘生病,都正值他负责的几个项目进入最重要的阶段……即使养二奶不要钱,时间总得有吧!

她想起他走的那天,雪很大,送行的人来了很多,各行各业的。汽车排满了偏僻小村的不宽的水泥路。是有一帮小青年执父子礼,跟在他的灵车后为他送行。

她的脸上热热湿湿地淌下两行泪,嗔道:"你这人啊……"

红太阳那个红艳艳

导读:尊严就是一个圈套!人没钱没地位时,想的是赚大钱,买好车,到高级酒楼吃大餐。等有了钱,有了地位,才想起当年的家常饭——

孙子小贝的筷子一抖,一块肉落到饭桌上。王书记伸出筷子夹起来,放到自己碗里。儿子和媳妇瞪大眼睛看着他吃下去,对看一眼,无奈地摇摇头。

看到他们的表情,王书记感慨:"尊严,就是一个圈套……"见父亲又要开讲座,儿子把吃好的饭碗一放,到自己房间去了。

阳春三月好踏青,城东五里的紫逻口春光明媚,汝河在蛮城岭下拐一个弯,向东南流去。岭上的树木经一场春雨润泽后,发了新芽,黄嫩嫩的。这正是采茵陈的时节,坡上零散着几位采茵陈的村妇。王书记把车停好,带着小贝走上坡。

在幼儿园圈了一周的小贝,小狗一样撒着欢。王书记坐下来与附近一位采了半篮子茵陈的大娘攀谈起来。

大娘说姓张,就住在沟里边大马山口的虎寨。

"虎寨,你知道不?"张大娘问。

"嗯哪。"王书记陷入沉思。

大马山口,是大虎岭到县城的咽喉。当年咽喉口的虎寨成了退居山中的国民党自卫队残部的歇脚点,村中人受尽掠夺欺凌。

这里属于小店镇,马书记是第一任党委书记。为了消灭这股残匪,坚守虎寨的马书记在战斗中牺牲了。

王书记三十八岁那年来到小店,做了全县最年轻的乡党委书记。他发誓,要走遍辖区的角角落落。

正是九九艳阳天,王书记来到紫逻沟,他们向虎寨走去,村外一方土坑里,人们正剐红薯苗。一个穿着红色家染粗布袄的小女孩扯了年轻母亲的蓝洋布衣襟,叫着:"妈,我饿。"妇女扒了块"红薯种",用衣襟擦了擦,递给饥饿的小女孩:"吃吧。"

生过芽的"红薯种"很"暴",连饥饿的大人,不到万不得已也不敢吃。

"家里没馍吗?"王书记走上前问。

"没有。已经断囤了。"

他回头问村支书:"村里都这样吗?"

"基本都这样。大马山口附近的村落干旱,每年都闹春荒。"

王书记想起幼年母亲病故,父亲进山做木工赚口粮,养活六个子女。春荒断粮时,他带着弟妹"早上野菜汤,晚上餐月亮"。他的眼睛湿润了。

已是午炊时间,原计划走到哪儿,就地在农户吃饭,但他挥挥手一直往前走,大虎岭下的几个村落几乎全是这样。

直到山外一个村支书家里,一行人都饿得走不动了,王书记对支书说:"就在你家吃饭吧。"

回到乡里,他立即叫来民政助理,让他拿三千元送到虎寨村,再三交代,一定要让村民们吃上粮食。

到县里开会时,他专程站在小会议室外等了一个多小时,向书记、县长汇报了大虎岭下几个村落的情况。县领导们才知道以鱼米乡著称的小店,还有这样一个贫困的角落。自此,这些村子都列入了县里的重点扶贫范围。

见这位干部模样的人不说话,张大娘猜不透深浅,悄悄拾起篮子要离开。

王书记说:"春天,还要用野菜代粮食吗?"

张大娘回过头说:"粮食早就吃不完了,就是缺钱花。村中的年轻人都出门打工了。"

"要是村中有活干,年轻人还出去不?"

"那敢情好,可是做什么呢?"

"你会不会做菜饼,做玉米稀饭……"

"农户里长大的人,哪个不会做呢。我也是远近闻名的好'茶饭头'。"张大娘笑迷了眼。

王书记站起来,坚决地说:"今晚上就到你家尝尝你的好手艺。要是能过关,咱们在山口盖一所农家乐,请你来做大厨。"

张大娘说:"城里大酒店的山珍海味都吃不完,有钱人能来山沟里吃庄户饭?"

"尊严就是一个圈套!人没钱没地位时,想的是赚大钱,买好车,到高级酒楼吃大餐。等有了钱,有了地位,才想起当年的家常饭——那年'年根儿'的时候,爹从山里带回来一只猪头,肥肉炸了'肉花',瘦肉包了饺子。野菜包子馅里拌一星腥油,那才真叫香呀!放心,这休闲农庄建起来,保证方圆百里的有钱人开着车来吃饭!"

村支书闻讯赶到张家,往屋里一探头,便惊呼起来:"王书

记。张婶,这可是咱县委书记。"

张大娘听了,发一会儿呆,便喜笑颜开了:"咱村算上你,来过三位书记了。我说呢,今天太阳咋格外红。"

王书记愧疚:离第一次来虎寨一晃一十五年,十五年来东奔西簸求上进,职务、业绩都是个虚名!尊严,真是个圈套!没想到离任之前,脚一下落到实地上。一定得办成这件好事!

他拉着小贝看远山肩头的太阳,真的分外红艳。

老法官的静好岁月

导读:他也许在多年以后才会知道,或许永远也不知道:孙媳探望他们的那天,孙子已经因受贿、充当黑恶势力保护伞被双规,孙媳也涉嫌代收赃款。

被传唤那天晚上,她从二十楼窗户像一只鸟一样飞下来。

老杜拢了拢稀疏的白发,对着镜子仔细看了看。他用手把眼皮往上推了推,自嘲地咳了一声,缓缓转过身,向屋门外走。

迎着阳光走在隆盛路上,他感到特别畅快。路两边早餐摊一家挨着一家,家家都挤得满满的。他却一直保持着当年的习惯,在家中吃面汤、馒头和小菜。

"杜院长早啊!"有路人打招呼。

"好,好!"他愉快地举起手挥挥。

杜院长的家在隆盛路西头,这是祖辈留下的老宅。退休前,他每天早早吃完饭,临出门上班都要去上屋向爹告别一声,爹就叮嘱他:"公公平平,要存一点儿私心。"

六十年代,公职人员寥若晨星,他有一个远房的表弟在供销社上班,有财权,就用公款买了一台收音机、一辆自行车,供自己一人使用。有群众据此举报表弟挪用公款。没有严格的回避制度,也没有适用的法律,老杜接了这一案子,重判、轻判、不判,都由他说了算。在亲情与公正面前,他一点都没有犹豫,只是想起表舅被庄稼地里的凄风苦雨打出深深皱纹的脸,心中酸疼。

案子还在继续调查补证时,表舅卖了半季的口粮,托人买来两盒平常日子难得一见的点心果子,爹将点心扔出门,一把将表舅推出去。大骂:"你家娃子出了问题犯了法,你的心也黑了,来害俺娃子,叫他也犯法来!"

表弟被判了两年刑,表舅恨着爹,再也不上杜家的门。爹也一直恼着表舅,到闭眼也不理表舅。

从东乡娶来的妻是农业户口,一帮孩子也都按当时规则随了母亲。后来都通过自己的努力走上工作岗位。

前年,儿子食道癌病危,拉着他的手,也没埋怨一句。想起儿子,他眼里起了泪花,站住脚,拿纸巾去擦。保姆的手机响了,接听后告诉他:"静静要来看您。"

静静是孙媳妇,市里的演员,漂亮、有名气,人脉很广,在孙媳的助力下孙子在外地做了公安局局长。生活条件的优裕奢侈,与他这个老法院院长简直就是天上地下。他总是莫名害怕,孙子孙媳难得回来一趟,一进家门,就被他唠叨得立马要走。

儿媳拦住门回头央告老杜:"爹,等孩子们吃了饭再说吧。"

他只能叹一声妥协了,心却总不踏实,孙子孙媳怎么那么

多钱,又花得那么大手大脚?隔三岔五地就让保姆、儿媳给孙子发短信、打电话,叮嘱他执法要公正,别贪一分钱外财,才能平安长久。

听说孙媳突然回来,老杜有些意外,却也欢喜。

静静以往随孙子回来,总安不住窝,不停接打电话,急着要走。中午也必得安排在县城最奢华的酒店聚一次餐。这次,她一个人回来,接了一个电话,躲到大门外,打了半天。回来,失魂落魄的。

老杜便问:"和杜琪吵嘴了?"

"没。挺好啊。"

"你这孩子不开心啊。有什么事儿?"

"没,什么也没,您别多想。他忙,托我回来看看爷爷和妈。"

静静难得凑厨房帮保姆做饭,剥了两颗蒜,竟扔进粥锅里。

吃过午饭,静静要走,他和儿媳都不放心地送到门口:"静静,要是杜琪哪儿欺负你了,只管跟我们说,我们替你做主。"

"没。回吧,我走了,别惦记我。等贝儿放假,让他回来陪你们。"

他和儿媳坐在客厅里,加上保姆,仨人都疑惑是不是孙子外地做官,有了小三,让孙媳受气了。保姆打电话给孙子,孙子不接。打电话给女婿,两个人嘀咕了关天,然后,保姆笑着告诉老杜和儿媳:"没事,俩人好着呢。你们可别多心。"

日光在小院缓缓地走过,老杜安详地看着院里的花花草草,儿媳在楼上养病,读读书,听听音乐。岁月静好,恬然安适。

他也许在多年以后才会知道,或许永远也不知道:孙媳探望他们的那天,孙子已经因受贿、充当黑恶势力保护伞被双规,孙媳也涉嫌代收赃款。

被传唤那天晚上,她从二十楼窗户像一只鸟一样飞下来。

丁香洁

第七辑 醉红颜

『醉红颜』里有历史钩沉，也有今古穿越，『自古美人爱英雄』，命运却让英雄美人难以相守白头，爱恨情仇，是非曲直，都在历史的烟云里远去，无论是夏桀的妹喜，武丁的妇好，曹操的来莺儿，盛唐的马凌虚，刀客的兰，还是郑将军的莲……

莲 心

导读: 她看到一位英俊挺拔的年轻军官站在姐夫病床前,正关切地询问着什么。在他的身上有一种成熟与青春混合着的气息,还有一种儒雅与硬朗交织着的气质。太阳从病房窗口照进来,落在他身上,整间房明亮亮的,都是他的光芒。一向落落大方的莲突然心跳脸红。

清晨,莲吃力地将瘦弱的身体移到梳妆台前,梳妆台是一方乳白色旧碗柜,上面放着一面鹅蛋形的镜子。欧式的碗柜用料做工极为考究,足以令人想象主人当年的豪奢。

而今,年过九旬的莲除了这方碗柜是当年与将军一起生活时留下来的,剩下的只有那些讲究了。

"嗳。"莲老太太这一次叹得很短,下定了决心似的。她又拿起镜子理理头发,镜子里,那个葱绿旗袍乌黑发辫的少女向她微笑着招手。

73年后这个五月的清晨,莲想起了那天上午,心里漾起一波涟漪,那种异样的心灵悸动,似乎正是当年她跟在英姐身后进到病房中的一刹那的感觉,她看到一位英俊挺拔的年轻军官站在姐夫病床前,正关切地询问着什么。在他的身上有一种成熟与青春混合着的气息,还有一种儒雅与硬朗交织着的气质。太阳从病房窗口照进来,落在他身上,整间房明亮亮的,都是他的光芒。一向落落大方的莲突然心跳脸红。

英姐第二天特意来到莲的住室，问她可知道昨天遇到的人是谁？

莲又红了脸："不是介绍过了吗？他是刚从古北口血战回来的抗日英雄郑洞国，到南京参加第一期中央军校高等教育班。"

"他妻子病故，现在是单身。他看上了一个人。可惜啊，那个人，不愿意人帮她介绍，要自由恋爱。算了！"

莲一下子站起来，双手抓住英姐的胳膊："我，我，我……"

"我这媒人可当得，要不要请叔叔婶婶从南昌过来议议啊？"

莲已全面妥协，羞得低下头，轻轻却明朗地说："要。"

……

莲许多事都忘记了，与郑将军蜜月的每天却记得越发清晰。嫁给军人，就意味着守候多于团聚——对于莲来说，守候是一种充实，等，就像一座桥，这头是她这个天生丽质的少妇人，另一头是一位年方三十、远征滇缅抗日战场的英雄。每到郑将军战间休整，莲都会赶往驻地夫妻团圆。

"你上战场的日子，不知道我有多担心，也随你一起作战一般了。"莲温柔似水。

郑将军的喜爱与感激便像涨潮一般，覆盖了相亲相爱的两个人。

……

"嗳……"莲老太太长叹了一声。1948年长春之围，丈夫困守围城，她的心也在上海煎熬，寝食难安，一封封问询关切的信都石沉大海了。10月22日，国民党中央社报道：长春失守，郑洞国壮烈成仁。莲看到报道，悲痛欲绝，几次要追随将军而去。

但是郑将军为了百姓不再受战火荼毒，已解甲退伍。一转眼，一年过去了。郑洞国将军自北京回到上海休养。莲的心中却

升起说不出的生分。"周总理邀我到北京工作,我们打点好这边事务,到北京去吧?"郑将军握住莲的纤纤玉手说。

莲下意识地抽回自己的手,想也没想脱口道:"不,我不去,我到北京过不惯。我要离婚。"

郑将军摇了摇头,莲把之前的感情一句否定了。感情的事,如何勉强得呢。他这一生始终把民族大义放在第一位,战争时期如此,建设时期也如此,从来不顾虑自己的名利得失。

将军轻轻带上门,站在院子里望着星空,不让自己回忆当年初见,也不让自己回忆戎马倥偬的岁月。父母没了,前妻没了,小儿子没了音讯,这身边感情所系,也将失去。将军握紧拳头,将盈满眼眶的泪慢慢地憋回去。

……

"嗳……"莲又长叹一声,人总是在失去的时候才知道拥有的珍贵,她总想起与将军的书来信往,与将军把盏宴游的时光。日月如梭,这一转眼,又是二十年。

自己当初为什么要任性离开?他不正是那年五月自己遇上的最心仪的人么?莲愧悔不已。如果当初不离不弃,将是另一番局面吧。

如此一别又是二十年,北京与上海并不远,却再也没见。郑将军不愿见她一面。不是不爱,而是,面对曾经决绝而去的故人,情何以堪!莲就这样隔空思念着,一转眼又是二十年。

直到那年,郑将军去世,年过六旬的她一袭黑色长裙来到灵堂,终于见到安详沉睡的郑将军最后一面。

郑将军去世后,莲的身体状况每况愈下。

镜子里,年青英俊的郑将军跃马而来。

莲伸出手,轻轻叫道:"桂亭"。

桂亭是郑将军的字,离开他的四十年,她一次也没机会叫出过,它们却这么熟悉自然地从唇齿间蹦出来。

她扑倒在镜子上,幸福地闭上眼睛,就如永远投入了将军的怀抱。

刀客之死

导读: 铁匠颤抖着双手,接过刀,两手一用力,听到的不是那种熟悉的、令人快意的"铮"的一声,而是朽木断折的"噗",像空气中有人望着他讥讽地一笑。他只拔出一只刀柄,那曾伴他传奇人生的神刀,被岁月蚀成一块废铁。

南衙的东邻是一座铁匠铺,明代建南衙的时候,它就在那里。人民政府搬到人民路,南衙变成"南衙街小学",铁匠铺还在那里。

白发苍苍的铁匠躺在床上,用微弱的声音叫道:"兰,拿来。"

兰顺着他的眼神望向墙上挂着的那把裹着皮革的刀。皮革上落着厚厚一层灰,沉沉地、幽暗地静默在泥土壁上。四十年,整整四十年,它没有变换过一下姿势。

年近六十的兰腰身依然灵巧,大概是没有生育过的缘故吧。

她取下刀,抹去尘灰,打开皮革,里面是红木刀鞘,金丝缠绕的刀柄。由于年代久远,一股陈腐的怪味弥漫在屋里。铁匠颤抖着双手,接过刀,两手一用力,听到的不是那种熟悉的、令人快意

的"铮"的一声,而是朽木断折的"噗",像空气中有人望着他讥讽地一笑。他只拔出一只刀柄,那曾伴他传奇人生的神刀,被岁月蚀成一块废铁。

铁匠也随着这讥讽一笑咽下最后一口气。

下葬时,兰将那把刀放在他的手边。

兰知道,铁匠是一名刀客,他必须带着他的刀一起面见祖先——兰是铁匠之外唯一知道这个秘密的人。

豫西地区从清末到新中国成立初期,匪患猖獗,打家劫舍,为害一方,统称刀客。

他们有结伙聚众占山为王的,也有隐身单行,什么人也不知其刀客身份的。当年在豫西有一位大名鼎鼎的刀客,叫"玉面独行"。但他长什么样子,隐身何处无人知道。他从不随意打劫,只收人钱财,替人"消灾"。有一个固定的线人,为他承揽生意,他们有独特的联系方式,线人也没有见过他的真面目。

还有一种"双面人",他们在国民党内部做官,明官暗匪;有的本来就是"土匪",抗战胜利以后摇身一变,成为"剿匪英雄"。当时,南衙的文化股主任王成桢,出身书香门第,写得一手好公文,老百姓称他是师爷。一有机会,他便抢劫作案。

师爷的双面人身份,路人皆知,但是,没人敢说一个字。

民国35年腊月三十的夜晚,他身披大衣,头戴礼帽,一手打着电筒,一手提着盒子枪,在紫逻口遇着一个过路人,不问青红皂白猛打一顿耳光,把过路人身上仅有的盘缠10块银圆搜去。然后他抢先一步回到南衙,把衣帽一换,坐在办公室里。当这位被抢者到南衙报案时,王师爷一拍桌案:"哼哼,你是共产党派来的奸细,故意惑乱民心。来人,押进牢里,审出同伙。"

兰只身到南衙为父亲收尸,她才十八岁。师爷强留她,她便住进南衙后院。

兰常闲闲地在一方阁楼上走来走去,从东窗,正好眺望见东邻的铁匠院落,三十来岁的李铁匠的身影在她眼前晃来晃去。

师爷在床笫之间也存着防范之心,只是他不知道自己的哪一句话会使兰捕捉到父亲死亡真相的蛛丝马迹。

但兰却知道了所有真相。

兰用全部财产,向"玉面独行"买下王师爷的人头。

那是春风轻拂的夜晚,兰蒙眬睡去,一激灵惊醒,便看到一个熟悉的身影站在床前,正对着一帐春光。

兰快意地看着身首异处的师爷,再看看蒙面大侠。她说:"谢谢你。"

望着"玉面独行"的身影融于夜色中,良久良久,兰才大声呼叫起来。

师爷一死,兰和师爷那些值钱不值钱的物品一起在南衙门口拍卖。

兰看向铁匠铺,用一双眼睛乞求着他。铁匠用三十块大洋买下了她。

新婚之夜,兰轻抚着床侧那把刀,一使劲,要把刀从鞘中拔出。李铁匠敏捷地制止她。

刀客的刀是不能随便拔出的!这是他十二岁时,从父亲手中接过这把自他一出生就在锻打锤炼的刀,跪在祖宗牌位前接受的规矩。刀客的刀,一旦出鞘,便要饮血而还。如果没有杀到人,则必须杀狗杀鸡替代,一时找不到狗、鸡,便要拿自己的血祭刀。刀客生的第一个儿子必须继续做铁匠,练就一身钢筋铁骨,然后继续做刀客。

兰伏在铁匠的怀里,哭了。一直哭了一夜,她说,要用眼泪祭

奠那些不明不白无辜丧命的亡魂。

铁匠在地上站了一夜，当第一缕晨光照进木格窗，兰止了哭声。

铁匠把刀挂在墙上，发誓再也不让刀见光。

铁匠打铁器维持着二人的生活，直到老死。他们一直没有要孩子。

最后一名刀客终于消失了，他杀了无辜的人，杀了杀人的人，时间杀了他！

他没有后人，刀客时代结束了。

凌虚恨

导读："铮纵"一声，她的手指刚触及筝弦，韵律已在空气中流动了，那一曲是小玄从来也没有听到过的，说不出的荡气回肠，小玄的泪不知不觉间就流了下来。竟不知小姐的筝是什么时候停下来的。

马小姐用一双纤若无骨的玉手，洗净稀有罕见的波斯舶来品玻璃盏，放上一小撮碧螺春，沏上隔年的梅花雪水，待绿茶叶在杯中的上下飞舞静止下来，她轻轻嗅了一下茶香，转向脸向身后的丫头说："小玄，把我的指甲取来。"

那是一副深海玳瑁磨制的弹筝的长指甲，她轻轻品了几口茶水。粘上指甲——她一向喜洁净，指甲都铰得短短的，洗一尘不染。

"铮纵"一声,她的手指刚触及筝弦,韵律已在空气中流动了,那一曲是小玄从来也没有听到过的,说不出的荡气回肠,小玄的泪不知不觉间就流了下来。竟不知小姐的筝是什么时候停下来的。

"小玄,你为什么流泪?"她没有回头,幽幽地说。

"我为小姐的曲子,也为小姐的终身,还想起了爹娘、家乡……反正就是心里酸酸空空的,小姐,这是什么新曲子呀。"

"心里想到哪儿,就弹到哪儿,弹完了,便也忘了,你自然没有听过了。"她终于站起来。接过小玄递上来的水漱了口,吐到青瓷盂里去。

这时,前堂的传讯丫头坠儿跑来:"小姐,'开元观'明天做法事,请您和夫人一同前往随喜!夫人让问您是否愿去,若愿去,请备好捐施的物品,还有,静妙观主特意关照说想请您献一支《七盘舞》。"

她略点了一下头,小玄忙替她答:"知道了,你回去禀夫人放心。"

她便让小玄把已经包好的亲手所绣《三清像》和抄写的《太上感应篇》,打开过了目,小心包好,又把跳《七盘舞》的服装和道具理清。这才沐浴熏香,早早安睡。

大唐盛世,洛阳道观"开元观"也盛极一时。就连当朝皇宠杨贵妃当年都曾出家做过道姑,唤作太真呢。所以官宦家小姐舍身道观为长辈、家族祈福的,不胜枚举。她是官宦女子,才貌出众,兰心蕙质,精通音律,能歌善舞,这倒也不奇。苦就苦在她的一颗心,竟早已空明如无,不把世俗任何男人看在眼里了。

看着她一举手一投足,小玄惊叹:"这哪里是人间的女子呀,这世上也没有男人能配得上你了。"

第二天，马小姐跳的七盘长袖之舞使"吴妹心愧，韩娥色沮"，慕名来看美名"远播东夏，驰誉南国"的马凌虚跳舞的，挤踢了观门前的照壁，伤到了进香的豪客，也吓得马夫人心脏病发作，昏倒在地。就在那混乱的时刻，马小姐镇定地跪倒台上，清越的声音响彻院内："我愿意舍身开元观，为母亲祈福，为无辜受伤的人赔情，为道观弘法光大！"

她留在了观中，从此不再有马小姐，只有凌虚道姑了。开元观因她的加入增添了青春活力，香火更盛。两年之间，许多人为了请她奉杯茶、看她跳《七盘舞》，或者仅仅是请她代为祝祈一番，就要出巨资、捐珍宝，集财物无数。

凌虚道姑也越发飘飘若仙，时时有乘风而去之感。

那一年，为了皇宫中那位太真道姑，范阳节度使安禄山发动了武装叛乱。安禄山在一路未遇抵抗的情况下，很快占领了东都洛阳，并在洛阳建立起"大燕帝国"，自己做了皇帝，把开元观改名为"圣武观"。

"请仙姑与我回府吧。"一个叫独孤问俗的安禄山幕僚在她奉茶献艺后，紧紧攥住她的纤纤玉腕。

"我一个出家之人，早已绝了尘缘。洛阳城中色艺俱佳者成千上万，官人尽可搜罗了去。"凌虚不挺卑不亢。

"哼哼，实话告诉你，长安城中，看得过眼的女子，都是我独孤掌中之物了。我看，你是喜欢在这里迎来送往，不愿独守我一人。今天可就由不得你了。"外面是层层重兵包围道观，里面是手下人捆绑了年迈观主百般折磨。凌虚道姑心念一转，轻轻道："我随你去。"

一披红盖头蒙上凌虚道姑的头，她被推进花轿，抬入独孤家的洞房。

从此,凌虚道姑一步也没有离开过"洞房"的门,也没有吃过一口独孤家的饭。"洞房"外喜庆的笙管笛箫、琴瑟琵琶齐奏时,"洞房"里便传出一声声惨不忍闻的哀叫,那叫声一天比一天弱下去,渐渐地沉寂了……第十天,洞房门大开,凌虚道姑已经魂归离恨天了!

那一年,如此惨死的无数女子都随时光风消云散了,只有凌虚道姑的名字传了下来,那是因为一个比独孤问俗更獐头鼠目的刑部侍郎李史渔为她写下一篇粉饰史实的墓志铭。

但正是在那字里行间,后人听到了凌虐道姑誓死不从的声声哀鸣!

太真道姑:唐玄宗贵妃杨玉环,曾出家修道,号太真。

来莺儿

导读:她不知道自己的身世,从记事起,她就生活在舞台歌榭里,穿梭于琴瑟琵琶、鼓磬盘钹间。因不知身世,她便没有姓氏,养母来氏为她取名莺儿。

这是一班初出茅庐的舞姬,豆蔻年华,萌芽杨柳。她们的《七盘舞》《长袖舞》虽然稚嫩,已经颇有神韵了。

一代枭雄魏王曹操拍案击节,赞了一声:"好"。随即叫侍者斟上一杯杜康酒,捧到一边侍立的来莺儿面前。

按照约定,来莺儿在一个月内训练出一支舞队,就可以免死

获生了!

　　来莺儿却没有一丝喜色,她玉手轻举,仰脖将杜康一饮而尽,美若璧玉的脸庞泅出两抹红晕。她衣袂飘飘,轻移莲步,深深下拜:"让我再为丞相舞一曲《长巾舞》吧。"

　　她手举红绸,在身体两侧环转飞旋,进退依韵,舞姿袅娜,在红绸舞动成两团牡丹花儿的时候,她飞身而起,向廊下的白玉柱撞去,"嘭"的一声,来莺儿娇躯反弹,软软地倒在地上。血从她破裂的头颅流淌出来,浸透红绸!

　　"莺儿!"曹操长身而起,扑过来,一把抱起她,"你这是何苦呢!"

　　来莺儿睫毛微动了动,朱唇轻启,却再也发不出声来,但是,曹操已经知道她要说什么了。他心爱的精灵一般的舞姬,在用生命说:"丞相,对不起。"

　　这个一生不知经过多少大风大浪,不知经过多少生生死死、恩恩爱爱、叱咤风云、坚强无比、风流倜傥的男人,此时却情不自禁地流下两行热泪。这是曹操平生第一次,也是唯一一次为一个女子流泪!

　　她不知道自己的身世,从记事起,她就生活在舞台歌榭里,穿梭于琴瑟琵琶、鼓磬盘钹间。因不知身世,她便没有姓氏,养母来氏为她取名莺儿。

　　杨柳依依水榭旁,那个做长袖舞的小仙女儿是谁?
　　来莺儿。
　　雪花飘飘花园中,那个练《七盘舞》的小美女是谁?
　　来莺儿。
　　于是来莺儿未及花季,便已因色艺双绝而名噪京都洛阳,在洛阳,在她的杨柳小馆里,"五陵年少争缠头,一曲红绡不知数"。

锦衣玉食，日夜管弦歌舞，但是，情窦渐开的莺儿越来越感到空虚无聊。她的美貌和歌舞技艺令许多王公大臣、达官显贵拜倒在她的石榴裙下，却没有一个人让她心动。

那是一个阳春，洛阳郊外踏青的来莺儿，粉衫青裙、梳堕马髻、做折腰步、描含愁眉、点啼痕妆，天生的一段娇媚妖娆，像一朵正在花时的带露牡丹。

迎面而来的便装贵人虽年过五旬，却是精神奕奕，英武超众。豪爽谈笑间，眼光一下子锁定在迎面而来的来莺儿身上。

许是三千年修来的缘分，许是心电波的共振，二人都在电光火石间怦然心动。于是，结束踏青，在杨柳小馆里摆酒开宴，来莺儿亲自献上《惊鸿舞》，那舞姿翩若惊龙、矫若游凤。宴未尽，二人已是卿卿我我，难离难分了。这贵人正是曹操。第二天，曹操便为来莺儿赎身，带着她来到军中，在战争的间隙里歌舞取乐，扫除寂寞。

来莺儿享受到了一段被英雄宠幸的欢乐。

但是，她很快就发现，曹操的女人很多，像她这样的，数都数不过来。她就像悬挂曹操军帐的黄莺儿，是一个取乐的玩物。而丞相不高兴时，连逗她玩玩也不屑。她那刚刚舒展开的双眉和笑靥就像已开百天的牡丹一样，怆然凋落。

"王图，你来自哪里？"

"许。"

"你家里还有谁？"

"老娘。你呢？"

"我的身世嘛——"来莺儿泪落如珠，她根本就不知道父母是谁。两个人就这样成了彼此的倾诉对象，然后，成了恋人、情人。王图是曹操的卫士。

两个人共同守护一个秘密、一份情感,紧张、恐慌、甜蜜、幸福。来莺儿迎来心灵的春天,二度绽放,她的歌舞技艺更进一步。那个战争的间隙,她为曹操做了精彩表演。曹操在曲终走下台来,一把将她抱在怀里。她本能地挣扎了一下,又惶惑地顺承上意。

王图又要跟随曹操出征,他们又得有一段长长的分别。来莺儿忍不住相思,冒险约王图在自己帐中春风一度。

就在这时,曹操发现了卫士王图不在身边……

王图被判处斩,来莺儿赤足披发赶来,向曹操坦露真情并愿意代死。

这令曹操非常惊讶:自己位高权重,却没赢得一个愿意为自己去死的红颜知己,看来拥有权力并不意味着拥有一切。那一夜,他喝了一夜杜康!第二天,他下令,免王图一死。来莺儿若能在一个月内教习新人,练成一班歌舞,免去死罪。

来莺儿坚决地说:"训练歌舞,是我尽职。我实在无以报答王卫士真情,更无以报答丞相赎身之恩。只有一死相谢!"

曹操无暇多想便出征了。一个月后凯旋,早忘了一切不快!没想到,一个出身杨柳小馆的舞伎,竟然为情为义毅然赴死!

曹操背转身去,挥了挥手:"厚葬!"

殷墟上空的烟云

导读：武丁扶起她同车返回殷都，一路亲自呵护照料。

那年，妇好三十三岁。她死了。

无论是战伤复发，还是难产而亡，她都是为武丁生死之爱和平等之敬流尽了最后一滴血！

从呱呱坠地那一刻，这个女孩已注定了不凡的命运——娲皇的嫡系，女王的骨血。

她在玉璧青铜的光灿中秋波一转，女王的属民一起唱起神秘的巫歌，为她颂扬美德。

她手臂的第一次挥动，便控制了五彩石。她貌美如花，体柔似水，却膂力过人。她蹒跚的步履第一次迈开，便走向火：她把龟甲兽骨在火上烧灼，上天便把旨意用裂纹昭告她。她侧耳聆听那龟甲不易察觉的卜卜声，那是神明的回声，她笑着对高高在上的女王叫道：巧。

于是，她成了智勇与巫术的继承者。

商在中原，天子驾六。车隆隆，马萧萧，旗幡红幛招摇而来。这一次不为征战，是商王武丁亲自迎娶尊贵美妙的公主——巧。

女王落泪了。巧的命运已超过了娲皇与盐水女王，她将与"武丁中兴"神话的主角成为结发伉俪。女王专门冶铸磨制凝满神异魅力和超前文明的青铜与玉饰来陪嫁，愿她永享真爱。

千古佳丽的芳馨臣服了天朝大国的明主,武丁再赐其名:好。

妇好站在煌煌大国的祭坛上,占卜大商的国运民生;

妇好披录甲骨文字,用心灵感知天下吉凶,决策分封讨伐,助王统治。

武丁宫室60诸妇,而妇好独得其宠。她巧笑媚视,与王鱼水欢洽。武丁戏言:你能如乃祖女娲变化蛇身吗?妇好便盘曲起伏做蛇舞,阵阵柔韧的蠕动,从体内漾到肌肤,从指尖一直传到足底!

武丁抱妇好于怀,轻轻耳语:我情愿中了你的娲蛊!

妇好把母亲留传的土地子民归附商王,以自己的功劳获得封地,位列诸侯。她到自己的封地考察管理,整治农桑,人们安居乐业,物产丰饶。每当她携着大量贡品进京朝见武丁时,她的心在蓝天上飞翔,与殷都的帝王相向和鸣,联袂蹁跹。

真爱,来自出生入死的默契。妇好为王屡屡执钺为帅,率亲兵3000,领天朝士兵一万,带骁将禽、羽,西征北伐,拓疆定边。

那次,妇好率兵北出殷都2000里,一举挫败土方。班师之日,武丁一直迎出二百里。这对恩爱夫妻带着各自的部属,终于在郊外相遇。久别重逢的喜悦、激动,使他们忘记了国王和王后的身份,将部属甩在后面,二人并肩驱策,在旷野中追逐驰骋,如恩爱双鸟栖于桃林。王无限怜爱地抚妇好长发:我为你日日祝神,日日问卜。那一次,妇好有了身孕,为武王生下太子。

不久,巴人叛乱西南。

巴方是妇好血缘邻帮,武丁望着端坐不语的妇好,感受她玉佩丝袍的微微颤动,说:"你想家了?"

妇好的泪流了下来。她沉思良久,毅然击案长身而起:战!

那一仗极为惨烈,巴方军士个个歃血为盟,志在必胜必死之间。

商军伤亡惨重,进退维谷。

武丁西望险山峻峰一筹莫展。

妇好命人起坛祭天,人血与牲血在坛前纵横交流;妇好掷兽骨于地,"卜"的一声中,她凝然不动,蓦然手起剑至,刺穿手臂,血溅祭坛。大吼一声:"胜。"

那一夜,武丁搂她于怀,彻夜秘语,多少情话,多少策略都在柔情蜜意里酝酿而成。

第二天清晨,武丁依依送别妇好,让她先期回殷都养伤。将士们敬重关切地目送她带着自己的3000部众辚辚远去。

天大亮时,武丁带领精锐部队对巴方军队发起突然袭击,妇好从敌后以四面包围之势压了过来。巴军在武丁军与妇好军的包围圈中顾此失彼,阵形大乱,终于被围歼,南境遂平定。

妇好对着羲、娲、禹、盐的方向跪下,拜忏先祖,请求将一切罪责降于她一人。

武丁扶起她同车返回殷都,一路亲自呵护照料。

那年,妇好三十三岁。她死了。

无论是战伤复发,还是难产而亡,她都是为武丁生死之爱和平等之敬流尽了最后一滴血!

英明神勇的君王流泪了,他有那么多话要与她说,治国安邦的,家长里短的,人间的,天上的,没一样不需要问过她。武丁把她的陵墓建在他日日作息起居的王宫旁,再不许她离开自己身边,哪怕一刻。

他不停地问卜者,我的妻子妇好在那边有人迎接吗?有人照顾她吗?如果她感到孤独,可有人陪她吗?

他以为这样优秀的女人应该和太甲、成汤、祖乙共研国策。

殷墟上空的烟云转眼已散,一份真爱穿越千年,为我们说着武丁妇好!

醉红颜

导读:我在金柱玉台上且歌且舞,日夜饮酒,一颗心,两份爱,左边是夏王、右边是伊尹,我不胜重负!

……

公司在"桃花庄园"夏宫宴请文化名流。在甄教授面前,我不喝是不可能的。当年在伊河源头,一展巾帼风采,喝倒了一众文化人,也把自己灌得透醉。

我为此喝了一大杯谢罪,说:

"当年醉梦,记忆犹新。梦到空桑,梦到一个红面长髯的老者。"

"伊尹。"甄教授激动的反应与当年见到时的腼腆判若两人。

隔壁的商宫里监事长带着一帮南洋投资商推杯换盏,我似乎陪着甄教授到商宫敬了一轮酒,他们又到夏宫敬了一轮酒。

"商宫、夏宫、伊尹……"我念道。

我站起身,发现又置身在桑林中,一道清泉从山崖飞流而下。

"妹喜。"

我吃了一惊。看溪水中映着一位花季少女,身着五彩羽衣,长发委地,千娇百媚,美若天人。闻溪鸣鸟啼,自能翩然起舞,观天色水韵,自能婉转歌唱。飘飘穿行林间,则万卉朝贺;静静伫立原野,则日月无色。

"妺喜。"又是一声唤,是在叫我。

我回过头,发现不远处一个清瘦的年轻人在看我。尽管他个头不高,红红的脸庞,但一双乌黑明亮的眼睛里,透着智慧的光芒。

"挚,你来了。"我无限欢喜。

"妺喜,过来。"叫挚的青年伸出一只手。我把自己纤巧的手放在他掌中。他握紧了我说:"我要走了,到商地,到亳城去。"

"你真的要随着有莘公主一起到商去吗?她要做王后了,嫁给英武的汤。她不美丽,也不聪明,只因为她是有莘王的女儿。我是雀之灵,你是桑之魂,无父无母,所以永远做奴隶。"我晶莹的泪水滴在草叶上,那棵草变得彤红。

挚把我拉到怀里,轻抚着我的头发:"我们都不会永远做奴隶的。义父把他一生的厨艺和为人处世之方都教给我了,还允许我只身走出去,走得实在不能再走了,带着收获的食材和见闻回来。我常常在山水林木中、刀俎水火间冥思苦想,感悟很多很多。"

"嗯。"

"我要建功立业为天下民众谋利益。我必须走,到商地,说服汤王成就事业。你也一样,等待机会,时机来了,一定要抓住。"

"挚,不要走。"我抱紧他的脖子,把双唇印在他的双唇上。

"你睁开眼看看我美吗?"我羽衣委地,花季胴体像一颗晶莹的珍珠。

他点头："美，无处不美。"

他没有再看我，径直捡起那件羽衣，轻轻披到我的身上："秋风凉，小心凉气入肌肤，侵五脏，会疼入骨缝。"

"别走。你看我有多美。"我说。

"物无美恶，过则为灾。"他转过身去，郑重地说，"有莘公主天生娴静淑良，正合汤王；妹喜天生慧黠妩媚，决不会永远流落山野。我教你们的是同样的内容，成就的却是两种性格，你们将有两种命运。"

他还是坚定地离开了，我放开嗓音呼唤他"挚——"

莘乐沟中，只有空谷回声，一群雀儿惊飞起来，像一道雀的漩涡冲向天宇。

自从来到有施地面，我便不再听到伊挚的消息，我想我会忘掉他的。

夏王履癸大兵临境时，我是自愿进贡的，夏王高大魁梧，英勇盖世，若不是我的心中早有阿挚，一定会对他一见钟情。

我走在进贡队伍之首，神采飞扬。夏王伸手揽住我的腰肢，我还没有来得及叫一声，已经在他的怀抱里了。

我就像一朵含苞的玫瑰，为夏王一层一层打开花瓣，尽态极妍，令他爱不释手。那是一段多么美好的日子，有人告诉我挚已经在商地做了"阿衡"，我也只是微微一笑，置之脑后。

我不知道琬、琰二女的入宫是挚的策划，我只是想知道夏王为我在洛水上筑瑶台居住，是为了补偿他宠信琬、琰二女，对我的歉疚，还是为了宠幸二女制造方便。我日夜饮酒解忧，只有裂帛碎玉之音让我心中暂时畅快。

这时，挚来了，他带着汤王射杀的箭伤来到夏都。他教我经营君王宠爱也犹如烹调美食，要迎合上意，时时有新鲜感。

于是我扮成英俊少年,协助王处理政要;造酒池肉林与帝畅饮嬉戏……但是,王与我狂欢的时候,都是半醉半醒的,我无法判断他是真的爱我,还是对这种疯狂的享受上了瘾。

在我寂寞、彷徨的时候,挚向我伸出手,我把自己的小手放到他的手中。时隔多年,心中的感觉依旧。这一次,当我像一颗珍珠毕现时,他抱紧了我……

挚再一次告诉我,他要走了,回商地。我没说话,只是闭上眼,任两行泪滑过脸颊。

我在金柱玉台上且歌且舞,日夜饮酒,一颗心,两份爱,左边是夏王、右边是伊尹,我不胜重负!

……

我站在瑶台上,看到挚带着商卒向我走来,我惨然一笑,接过侍女手中的酒觞,迎向他:"挚,不,伊尹,你的目的实现了。"

"是咱们的目的实现了。新的王朝开始了。"

"王呢?"

"已被商汤王流放南巢。"

"哦,夏王。"此刻,我才知道,除了夏王履癸,再也不会有人给我这样的恩宠与荣耀。

我取过一觞酒,一饮而尽,再取,再饮。

"妹喜。"挚痛苦地望着我。

"你痛苦了吗?你在乎过我的痛苦吗?"我莞尔一笑,一纵身越过瑶台雕栏,没入浩浩荡荡的洛水……

"非姐,快醒醒,你怎么哭成这样?"我睁开眼,发现自己正躺在住处的床上,同事小妹在轻轻唤我。

哦,我醉了。